Jens Dirksen

Kraut und Rüben

NRZ - MITTEN IM LEBEN
KOLUMNEN UND KARIKATUREN
BAND 3

kultur.west

Ein Dank
Statt eines Vorworts

Der Garten hat seine eigene Zeit. Die hat nichts mit Uhren zu tun, nur mit dem Kalender. Im Garten ist es anders als in der Schnellschnellschnell-Zeit jenseits der Hecke. Hier sind eigentlich auch immer noch alle da, die jemals hier waren. Tante Olga und all die anderen Hühner, der Igel, den wir mal vertrocknet unter einem Holzstoß gefunden haben, die blöden Shetland-Ponys, die mal sämtliche Obstbaumrinden bei uns angeknabbert haben, und wer weiß wer noch alles. Gartentage sind anders als Bürotage, Wohnungstage, Urlaubstage. Die Zeit fließt, aber die Minuten verrinnen nicht, sie füllen den Tag immer weiter aus, bis er groß geworden und mehr wiegt als andere Tage. Wäre man sonst am Abend so platt?

Und für mich ist der Garten eine nochmal größere Freude, weil ich drüber schreiben darf. Wenn man nicht nur die Unabhängigkeit vom Supermarkt-Angebot genießt oder das Gefühl, auf einem kleinen Flecken Erde ein bisschen Liebergott zu spielen, sondern dann auch noch ein bisschen nachdenkt über das, was man da so tut, tut es nun mal doppelt gut.

Deshalb bin ich den NRZ-Leserinnen und -Lesern zu allergrößtem Dank verpflichtet. Denn letztlich sind sie dafür verantwortlich, dass ich aus zwei Arten von Vergnügen einen Beruf machen durfte. Als 2007 zum ersten Mal Sozialforscher Daten über die NRZ-Leserschaft analysierten, stellten wir mit nicht geringem

Staunen fest, dass mehr als die Hälfte von ihnen einen Garten besitzt, betreibt, beackert. Und für die Gärtnerinnen und Gärtner (damals hießen sie noch nicht „Gärtnernde“) hatten wir bis dato kaum etwas im Leseangebot. Und ich, der ich da schon zehn Jahre lang auf dem einstigen Zwergbauernhof meines Urgroßvaters Fritz geackert und gerackert hatte, bot an; das so etwas geht, hatte ich beim unerreichten Jürgen Dahl gesehen, einem ehemaligen Buchhändler, den die Leute am Ende „Pflanzenprofessor“ nannten, obwohl er völlig unakademisch schrieb und einfach nur genau hinsah, bevor er genau nachdachte.

Und dann probierte ich es auch mal. Das las sich in der ersten Kolumne dann so:

„Obstbaumschnitt und Olivenblüten, Mangoldblätter und Spargelerbsen, Pfingstrose und die Pfirsichkräuselkrankheit – mir ist nichts Pflanzliches mehr fremd, seit ich angefangen habe, aus ein paar Quadratmetern wilder Wiese rings um unser Haus hier und dort so etwas wie einen Garten zu machen.

So etwas wie? Ja. Ein Garten, dachte ich die längste Zeit meines Lebens, ist etwas Ordentliches, etwas beizeiten Geharktes und klar Abgegrenztes, in dem Menschen nach alten Regeln und Gesetzen dem Boden genau das abringen, was sie wollen. Garten, das ist mehr oder minder gut funktionierende Natur nach menschlichem Maß.

Dachte ich. Bis ich mit dem Gärtnern anfing. Heute weiß ich, dass der Artikel 1 des Gartengrundgesetzes lautet: Keine Regel ohne Ausnahme. Keine.

Gärten sind eigen, auch wenn sie einem nicht gehören, sie sind Individuen: einer der vielen Gründe, warum man sich mitunter auch ein bisschen in sie verlieben kann. Jeder Garten ist ein Labor unter freiem Himmel, ein Experimentierfeld. Alles, was wachsen soll, will, kann, ja muss erst einmal ausprobiert werden, denn man weiß eben nicht schon von vornherein, was hinten rauskommt. Garten ist ja nicht gleich Garten, alles unterscheidet sich: die Lichtverhältnisse, der Windeinfall, der Grundstückszuschnitt, die Höhe überm Meeresspiegel, die Nachbarn, die Bodenzusammensetzung.“

Manchmal, wenn ich unbedacht den Spaten mit vollem Karacho in die Erde jage, fürchte ich sogar, auf das eine oder andere Knöchelchen zu stoßen. Oder – womöglich – auf eine Granate aus dem Krieg. Der Boden im Garten ist ein Speicher für Rohstoffe und Dinge. Und der Garten, so kommt es mir oft vor, ist ein großer Speicher für Erinnerungen. Die Vergangenheit bleibt hier immer präsent. Und sobald wir gärtnern, ist auch schon immer eine Vorstellung von Zukunft da. Vielleicht ist es das, was die Zeit, die Gegenwart im Garten so kostbar, so reichhaltig macht.

Und wenn es regnet, kann man sich ja immer noch lesend in den Garten begeben. Dazu sind die folgenden Seiten da.

Weingelee mit feuriger Überraschung

Ja, was soll man denn aus Weintrauben wohl machen? Wein natürlich, werden Sie sagen. Aber mein persönlicher Ehrgeiz, in den Wettlauf um die nördlichste Weinbauregion unseres Landes einzutreten, ist begrenzt. Wie ich gehört habe, soll sogar im münsterländischen Tecklenburg Wein produziert werden - aber man muss wohl kein großer Prophet sein, um zu ahnen, dass bei dem herausgekommenen Getränk eine gewisse Verwechslungsgefahr mit Essig besteht. Nein, Wein ess ich - Wein zu machen kommt mir nicht in den Sinn. Dazu bräuchte man wahrscheinlich eh die hundertfache Menge unserer Ernte.

Dass wir keine Vierbaumer Spätlese herstellen, hat den Vorteil, dass wir die Trauben essen können: Es gibt nur Weniges, was so erfrischend schmeckt wie frisch gepflückte weiße Trauben. Bei unseren blauen ist die Suchtgefahr genauso groß, aber sie haben mehr Säure. Zumindest, solange sie noch nicht ausgereift sind. Das sind sie aber erst so richtig, wenn die äußere Haut der Trauben anfängt, weich zu werden - den richtigen Zeitpunkt abzupassen, ist jedesmal ein kleiner Balanceakt.

Man kann allerdings auch Saft aus den Trauben machen! Letztes Jahr habe ich mit Hilfe des Dampf-Entsafters aus den blauen welchen gewonnen, der war so süß, dass die Kinder mir die Karaffe aus der Hand reißen wollten. Dieses Jahr hab ich es schon Mitte August probiert, und das war zu früh: der Saft schmeckte so sauer, dass ich etliche Löffel Zucker dazugeben musste.

Und warum? Klar: Weil an so einer großen Traube Wein immer ein paar Träubchen sind, die mit der Reife hinterherhinken. Und die setzen sich mit ihrer Säure offenbar durch. Also werd ich es jetzt, vier Wochen später noch einmal probieren, wo die ersten blauen Trauben schon ein wenig welk wirken. Dann darf man den Entsafter eben nicht so lange kochen lassen, eine Viertelstunde oder zwanzig Minuten könnten reichen. Ohnehin darf man die Trauben nicht zu lange dem Dampf des Entsafters aussetzen, sonst setzt sich der bittere Geschmack der Kerne durch. Die kurze Entsaftungszeit hat wiederum auch den Vorteil, dass man nicht unbedingt pingelig alle Stiele von den Trauben entfernen muss.

Aus dem Traubensaft könnte man natürlich auch etwas machen, was man aus jedem Saft machen kann: Gelee. Wer's mit weißem Traubensaft probiert hat, weiß allerdings auch: Viel Geschmack oder gar Aroma kommt dabei nicht rum. Es gibt allerdings eine Möglichkeit, ein bisschen Pep an Wein-Gelee zu bekommen: Eine mittelgroße Chili-Schote pro Liter wirkt da wahre Wunder. Wenn man eine frische nimmt und in feine Streifchen schneidet, macht so ein Glas Wein-Gelee dann auch optisch was her. Ich habe es in diesem Jahr mit einer getrockneten Schote probiert. Die hat sich schon aufgelöst! So wird ausgerechnet Weingelee noch zu einer feurigen Überraschung!

(15.9.2007)

Der Sauzahn für Gartenesel

Jetzt, wo man schon seit Wochen wieder im Garten richtig ackern kann, macht sich bemerkbar, wie wichtig das richtige Handwerkszeug ist. Scheren, die klemmen, Harken, die zu schmal sind – es gibt vieles, das einem die Gartenarbeit fast so sehr verleiden kann wie der Einfall einer Schneckenhorde.

Umso lieber greift man zu bewährten Dingen wie der „Setzhäundl"-Hacke, die ich jüngst mal vorgestellt habe. Oder zum „Sauzahn", der eine Art Pflug für zweibeinige Gartenesel ist. Sein Name leitet sich wohl von den Spuren ab, die er hinterlässt: Die Erde sieht aus, als sei eine Horde Wildschweine durch den Garten gezogen.

Der Sauzahn hat gegenüber dem Spaten, mit dem man die Erde ja ebenfalls auflockern kann, den Vorteil, dass er nicht das Unterste zuoberst kehrt, wie das beim Umgraben geschieht. Das Öko-System Boden wird mit dem Sauzahn nur ein bisschen durchgeschüttelt, in freundlicher Absicht, versteht sich.

Verglichen damit ist der Spaten beim Umgraben ein Senger und Mordbrenner, der verbrannte Erde hinterlässt. Zugegeben: Man muss nicht jedes Öko-System auf Teufel komm raus erhalten, und verbrannte Erde ist ja fürs Wachstum von Pflanzen nicht unbedingt von Schaden. Aber, und das ist für mich entscheidend: Der Sauzahn erledigt die Arbeit leichter und schneller. Bis ich so eine Fläche, die ich mit dem Sauzahn locker in einer halben Stunde durchpflüge, umgegraben hätte, würde längst die Sonne hinterm Kirschbaum untergehen. Und man braucht viel weniger Kraft für diese Bodenauflockerungsart.

Einmal habe ich gedacht, ich mache es mir noch leichter und leihe beim Baumaschinenverleih eine Gartenfräse aus. Kostete 40 Euro, sollte 15 Zentimeter tief den Boden auflockern, hat mir aber einen tierischen Muskelkater in den Unterarmen eingebracht. Und glauben Sie mir, die gehören bei Zeitungsredakteuren zu den Körperteilen, die ob des täglichen Gebrauchs beim Tippen von Artikeln noch am ehesten durchtrainiert sind. Aber bis sich so eine vermaledeite Motorfräse mal in den Boden gefräst hat, muss man sie festhalten, sonst läuft, fährt, hoppelt sie davon, die doofe Motorfräse. Und dann darf man sie auch nur gaaaaaanz langsam weiterfräsen lassen, sonst kommt sie, schwuppdiwupp, wieder aus dem Boden emporgefräst – und läuft und fährt und hoppelt...

Sie werden verstehen, dass ich von der Motorfräse die Finger gelassen habe. Aus ökologischen Gründen natürlich, wegen des enormen CO_2-Ausstoßes, so ein Sauzahn hat einfach die besseren Abgas-Werte! Und taugt auch nicht zum Vater vom Muskelkater.

(19.4.2009)

Im Mohnschein

Manchmal denke ich, wir Gärtner können uns noch so anstrengen – an die Bauern kommen wir einfach nicht ran. Beziehungsweise an das Teamwork unserer Landbevölkerung mit der Natur. In der letzten Woche, die ja himmlisch schöne Sonnenstunden hatte, bin ich fast jeden Morgen an einem Getreidefeld vorbeigekommen. Und da strahlten Hunderte von feuerroten Klatschmohnblüten mit der Sonne um die Wette, die dabei genau genommen sogar nur zweiter Sieger wurde.

Zum ersten Mal ging mir auf, warum der Klatschmohn Klatschmohn heißt – ich hätte mich ja beinahe zu Beifallskundgebungen hinreißen lassen. Und dachte noch im gleichen Augenblick: Nee, so schön kriegst du das in deinem Garten im Leben nicht hin. Der Mohn in der Gerste, das war nun mal Naturkunst. Und ich kann doch nur Kunstnatur.

Wirklich? Kann doch nicht wahr sein, polterte es in mir. Und ich war kurz davor, nach Mohnsamentütchen Ausschau zu halten, bis mir klar wurde, dass ich doch gerade vor den Samenlieferanten stand. Und nur warten müsste, bis die Blüten zu Kapseln würden, die man ernten muss kurz bevor sich die Mohnstängel zur Erde neigen, um den Samen regelrecht auszuschütteln.

Also hieß Garten wieder mal warten – und in der Zwischenzeit ist mir klar geworden, dass gar nicht der Mohn das Wichtige am tauschönen Sommermorgenbild war. Sondern mindestens genauso, die lang aufgeschossenen Gerstenhalme samt Ähren und filigranen Grannen. Es war ja gerade der denkbar größte Kontrast zwischen Grün und Rot, zwischen rund und lang, zwischen flatterhaft und in Reih und Glied sortiert, der den Reiz des Bildes ausmachte.

Gerste? In meinem Garten? Nö, die kann mir lieber mal im Mohnschein begegnen.

(6.6.2009)

Sisyphos in Grün

Gegen uns Gärtner ist Sisyphos fast ein Erfolgsmensch, ein Aufsteiger, immer wieder. Wir Gärtner haben dagegen das Gefühl, uns immer im Kreis zu bewegen, in einem Endloszirkel.

Ja, Sie ahnen es, ich bin beim Unkraut und beim Jäten, mit dem man immer dann wieder von vorn beginnen muss, wenn man gerade beim letzten bösen Strunk angekommen ist. Ich weiß, man darf nicht mehr „Unkraut" sagen, es heißt jetzt „Wildkraut". Aber davon, dass man es anders nennt, wird das Unkraut weder kleiner noch weniger. Diesen Glauben an die Wunderwirkung von Worten haben ja sonst nur Kinder, und deshalb sage ich auch gern Dummkraut, weil ich es einfach zu dumm vom Unkraut finde, dass es sich immer wieder in meinem Garten niederlässt, obwohl es doch längst wissen könnte, dass es hier unweigerlich wieder ausgerissen wird.

Eine Kollegin wollte neulich wissen, wie es sein kann, dass das Unkraut immer schneller wächst als das Kraut, also der Kappes, die Blumen oder die Erdbeeren, die man eigentlich haben will. Nun, das ist der blanke Darwinismus: Es haben sich in der Evolution natürlich die Pflanzen durchgesetzt, die die schnellsten und vermehrungsfreudigsten sind. Im Garten aber, und darum ärgert uns das Unkraut so, zählen andere Dinge, der Garten ist der Anfang von Zivilisation, er ist eigentlich so etwas wie Natur mit menschlichem Antlitz.

Unmenschlich ist dagegen die Arbeit, die es bereitet, nur diejenigen Dinge wachsen zu lassen, die man dann auch ernten will.

Aber wer sich schließlich eine selbst gezogene Erdbeere in seinen Mund steckt, wird sich vielleicht an den schönen Satz von Albert Camus erinnern: „Wir müssen uns Sisyphos als einen glücklichen Menschen vorstellen." Und den Gärtner erst recht!

(13.6.2009)

Blöd wie ein Laubsauger

Gutes Gartengerät ist ja Gold wert, ich habe gelegentlich schon einmal etwas vom Nutzen des Sauzahns vorgeschwärmt, mit dem man seine Parzelle schonend umpflügen kann. Oder vom österreichischen Setzhäundl, mit dem man selbst hartnäckig verwurzelte Grassoden locker aus dem Boden herausbekommt.

Das Gegenteil von derlei nützlichem Gerät ist dann so etwas wie die Laubschubkarre. Im schmucken Grün und mit einem robusten Tuch an der Stelle, wo Schubkarren eine eiserne Wanne haben, so stand das Teil im Gartenmarkt. Geschickt dekoriert: hier auseinandergeklappt und mit reichlich Plastiklaub versehen, dort so wunderbar zusammengefaltet, dass man schon auf den ersten Blick dachte: Nein, wie praktisch! Ein Gartenhelfer zum Zusammenklappen, einer der fast verschwindet, sobald man ihn nicht mehr braucht.

Aber genau das ist das Problem: Man braucht ihn nämlich gar nicht, wie man überhaupt den Eindruck hat, dass Heerscharen von Produktdesignern damit beschäftigt sind, sich schöne scheinpraktische Dinge auszudenken, die die Welt nicht braucht. Mancher Gartenmarkt quillt über davon.

Als ich dort zum ersten Mal das Wort „Laubsauger“ las, dachte ich an einen Karnevalsscherz im Frühherbst. Dann stellte ich fest, dass die meisten „Laubsauger“ in Wahrheit Laubpuster sind. Und um der lieben Augenweide willen den reinsten Gehörgangs-Terror verbreiten.

Jedenfalls braucht kein Mensch eine Laubkarre, der schon eine Schubkarre hat. Und eine Schubkarre braucht man doch im Garten sowieso. Also sollte man lieber gleich eine gute Schubkarre kaufen, am ehesten sogar eine echte Bauschubkarre für den Profi. Kostet ein bisschen mehr, aber nach einigen Jahren neigt man dazu, sich für diese Entscheidung bei sich selbst zu bedanken.

(18.7.2009)

Kartoffeljäger

Der Garten ist eine Form von Zivilisation, die wir der Natur abtrotzen. Aber manchmal spürt man gerade dort doch so etwas wie einen wohligen Pulsschlag der Erde – und fühlt das eigene Herz im gleichen Rhythmus mitklopfen.

Beim Kartoffelernten, zum Beispiel.

Anfangs stampft, nein: steckt man noch brav die Grabegabel in die Erde (gaaaanz vooorsichtig, sonst ist die erste Knolle schon gleich aufgespießt). Man lockert und schüttelt alles und sammelt dann die Beute ein. Beute? Aber ja doch. Beim Graben nach Kartoffeln wird der Mensch wieder zum Jäger und Sammler. Es dauert nur wenige Minuten, und man erwischt sich dabei, wie man mit den bloßen Händen in der Erde wühlt. Aus lauter Sorge, man könnte vielleicht eine kleine Kartoffel übersehen haben.

Hat man tatsächlich mal eine übersehen und nach zig zerdrückten Erdkrümeln endlich einen greifbaren Erfolg zwischen den Fingern, wird der Jäger des verlorenen Bodenschatzes augenblicklich zum Sammler, der mit leisem Triumphgefühl die neuste Knolle zu den anderen legt. Und sei sie ein noch so kleiner Knicker. Einer von denen, die man schon deshalb nicht schält, weil sonst weniger als die Hälfte übrigbleibt.

Früher habe ich solche Kartoffelerbsen übrigens, in treuer Umkehrung der alten Bauernregel, für ausgemachte Intelligenzbeweise gehalten. Seitdem ich dickere Kartoffeln ernte (und in diesem Jahr sind sie – nicht gestrunzt! – wirklich dick), komme ich auch ganz gut damit klar, dümmstens dazustehen.

Einige der allerdicksten sind übrigens da gewachsen, wo dieses Jahr eigentlich gar keine gepflanzt waren: Im Kartoffelbeet vom letzten Jahr, wo in diesem Jahr eigentlich Kappes und Kohlrabi ihren Platz haben.

Wahrscheinlich hatte ich vor einem Jahr den Jäger und Sammler in mir noch besser unter Kontrolle.

(8.8.2009)

Nektarinenraub!

Natürlich kommt uns grüne Gentechnik nicht in den Garten; und seit Monsanto-Genmais verboten ist, müssten wir nicht einmal mehr Bantam-Mais züchten – jenen Süßmais, dessen Anbau man anmelden konnte, um zu verhindern, dass dem eigenen Garten Gen-Mais auf die Pelle rückt.

Aber ebenso natürlich hält uns all das nicht davon ab, die Segnungen der grünen Gentechnik althergebrachter Machart zu schätzen. Besonders angesichts solcher Züchtungen wie der Nektarine: Darauf, denkt man spätestens beim Reinbeißen, hätte die Natur ja ruhig mal selbst kommen dürfen. Kann doch nicht so schwer sein, Pflaume und Pfirsich miteinander zu verheiraten, zumal sie ja zur selben Zeit reif sind. Wie man ja oft im Garten das Gefühl hat, dass alles zur selben Zeit reif wird, was selbstverständlich gar nicht stimmt, weil nur fast alles reif wird, wenn auch immer zur selben Zeit und das auch noch in viel zu großen Mengen. Mit einer Ausnahme: meine Nektarinen.

Ich hätte im Leben nicht gedacht, dass unser gerade mal hüfthohes Stämmchen, das wir im letzten Herbst gepflanzt haben, schon in der Lage wäre, Früchtchen zu tragen. Aber dann setzten doch fast ein Dutzend der kleinen rosa Blüten im April Fleisch an, und vier von ihnen wurden tatsächlich rot und immer röter. Die erste haben wir Anfang August gepflückt und auf der Fensterbank noch ein bisschen nachreifen lassen. Die anderen beiden wurden gleich nach der Ernte der dem innerfamiliären Verteilungsverfahren überantwortet, das einem sehr speziellen Gerechtigkeitsbegriff folgt: Frauen und Kinder zuerst.

Und die vierte Nektarine? War spurlos verschwunden. Opfer eines hinterlistigen Nektarinendiebstahls? Nächtliche Obstpiraterie? Eine vegetarische Raubkatze?

Weiß der Himmel.

Die einzigen Augenzeugen waren Kartoffeln.

(22.8.2009)

Oreganopfefferminzdill

Blüten gehören ja gemeinhin zu den Dingen, auf die man im Garten mit Macht hinarbeitet. Manches allerdings sollte besser nicht blühen, einige Gemüsesorten wie Kappes und Kohlrabi zum Beispiel. Oder Kräuter – was nicht zur Blüte kommt, treibt bessere Blätter, auf die's ja beim Kraut meist ankommt.

Aber keine Gartenregel ohne Ausnahme. So haben wir am blühenden Dill schon seit Monaten einen Heidenspaß. Zum einen sieht er, zwei Meter hoch aufgeschossen, einfach schmuck aus – und zum anderen tanzen, zumal bei Sonnenuntergang, Heerscharen von Wildbienen, Scheinwespen und anderes Geflügel darin herum, ein einziges Landen und Abheben wie auf den Pisten in Düsseldorf-Lohausen, nur beträchtlich leiser. Der große Tier- und Pflanzenführer wurde zu unserem treuen Begleiter, und jetzt kennen wir den Großen Wollschweber, die Johannisbeerschwebfliege auf Abwegen und auch die Mistbiene, die doch nicht nur ein Schimpfwort ist, wie wir immer dachten.

Gleich unterm Dill schießt übrigens der Oregano ins Kraut, und auch hier hat längst die Blüte eingesetzt. Was nicht schlimm ist, weil der Oregano ohnehin schneller wuchert als man ihn wegkochen kann; nur die Kinder würden sich gern aufopfern und fordern die tägliche Pizza. Da lassen wir den Oregano lieber blühen, und vor allem Bienen finden ihn mächtig lecker, manchmal schubsen sie sich gegenseitig von der Blüte. Ähnliche Szenen spielen sich auf der blühenden Pfefferminze ab.

Angesichts dieses Kräuter-Hoppings kann ich mich nur mit Mühe davon abhalten, einmal zu verfolgen, wo sie eigentlich hinfliegen, in welchem Bienenstock sie zuhause sind. Ich wäre jedenfalls verflixt gespannt auf den Honig, der bei dieser querbeet abgegrasten Kräutermischung am Ende herauskommt. Auf dem Etikett müsste ja Oreganopfefferminzdill stehen.

(29.8.2009)

Brechend voll mit Äpfeln

Es ist eine von diesen Floskeln, die man benutzt, ohne groß darüber nachzudenken. Aber jetzt weiß ich, wieso man sagt, dass Obstbaum-Äste brechend voll hängen. Bei uns hat's den Rheinischen Bohnapfel erwischt. Eine Sorte, die in den letzten Jahren ihren faden Geschmack durch schiere Masse wettzumachen versucht hat. Unser noch recht junger Baum ist ein bisschen schnell in die Höhe geschossen; das hatte bei ihm dann nicht ganz so muskulöse Äste zur Folge, wie fürs Tragen der diesjährigen Apfelmassen eigentlich nötig gewesen wären. So hat es eben „knack" gemacht.

Ich hätte doch nicht auf das frühzeitige Durchpflücken verzichten dürfen, das Fachleute empfehlen – aber es fällt mir schwer, im Frühjahr oder Hochsommer kerngesunde, noch unreife Früchte wegzuwerfen, bloß weil so viele davon am Baum hängen.

In diesem Jahr hängen ja in der Tat vor allem die Apfelbäume so voll wie schon lange nicht mehr. Aber weil sich die Natur auch in den Gärten immer zu helfen weiß, hat sie offenbar auch den Apfelwickler und andere madige Schurken in Heerscharenstärke losgeschickt. Die Schmarotzer haben jedenfalls Äpfel angestochen, was das Zeugs hielt – man kommt mit dem Einsammeln (unbedingt geboten, wenn man der explodierenden Schädlings-Demografie einen Riegel vorschieben will) ja kaum nach. Um Wermut-Tee oder Schmierseife zu spritzen, was ja alte Hausmittel sind, ist es jetzt zu spät, auch für die Wellpappenkragen am Stamm, in denen sich die blöden Biester so gern verkriechen, dass man sie damit bequem einsammeln kann. Ich versuch's mal positiv zu sehen: Dann wird die Ernte eben nicht so mühselig.

Und eines Tages finde ich auch noch heraus, wie es diese blöden Biester hinbekommen, immer die schönsten, leckersten Äpfel am ganzen Baum zu finden. Von den abgebrochenen Bohnäpfeln war natürlich kein einziger wurmstichig!

(5.9.2009)

Beerenstarke Trauben

Um doch noch einmal auf den Wein zurückzukommen: Mit ihm ist es so ähnlich wie mit der Erdbeere – die ja in Wahrheit keine Beere ist, sondern eine Nuss, eine Sammelnussfrucht. Beim Wein wiederum, der genau genommen Weinranke oder -rebe heißt, ist das, was wir im Alltag oft eine Weintraube nennen, in Wahrheit eine Weinbeere. Und die Trauben, in denen diese Weinbeeren gemeinsam heranwachsen, sind eigentlich keine Trauben, sondern Rispen. Aber wie klingt denn das: „Die Rispen hängen zu hoch"? Man kann es auch übertreiben mit der Genauigkeit …

Jedenfalls muss man bei den Trauben unserer steilen Wein-Lage an der Ziegelstein-Wand für das Aroma (zuckersüß bei den weißen Phönix-Trauben, fruchtig-säuerlich bei den Muscat bleu) Kerne in Kauf nehmen. Die Weintrauben, die man kaufen kann, haben heutzutage ja meistens keine mehr. Dabei enthalten die Kerne Anti-Oxidanzien, die gesundheitsfördernd sein können. Außerdem eignen sie sich als Sportgerät – bei Traubenkernweitspuck-Wettbewerben kommt es regelmäßig zu hochgradig diskussionsträchtigen Finalrunden, zumal das Sportgerät die markante Eigenschaft hat, selbst in sorgfältig gemähten Wiesen allzu leicht abhanden zu kommen.

Beim Kochen mit Weintrauben empfiehlt es sich aber doch, die Kerne zu entfernen. Für den Chicorée-Salat in der Sahne- oder Jogurt-Sauce zum Beispiel. Oder für das Toskanische Brot, das mit 600 Gramm halbierten Weintrauben gebacken wird: 500 g Mehl, 1 TL Salz, 1 EL Zucker und 4 EL Olivenöl mit einem Päckchen Hefe und 250 ml Mineralwasser mischen, Teig eine halbe Stunde gehen lassen, auf dem Backblech ausrollen, nochmal eine halbe Stunde gehen lassen, 3 EL (braunen) Zucker, die Nadeln von einem Rosmarinzweig sowie die halbierten Weintrauben darüber streuen, eine halbe Stunde bei 175 Grad backen.

(17.10.2009)

Tomaten fürs nächste Jahr

Gänseblümchen blühen jetzt noch einmal, und auch bei den Rosen öffnen sich die letzten Knospen. Aber wer nun seine Tomaten begutachtet, findet nur noch traurige, eingeschrumpelte Reste der einstigen Wucherpracht, selbst in geschützten Lagen. Wer sich diesen grünen Novemberblues ersparen will, hat die Pflanzen längst herausgerissen und zum Nachreifen reingeholt. Und hier beginnt die Qual der Wahl: Welche Tomaten nehmen wir zur Nachzucht – und wenn ja, wie viele?

Es ist nämlich gar nicht so schwer, sich die besten Tomatensorten ins nächste Jahr hinüberzuretten, man kann ja nicht darauf vertrauen, dass sie auf dem Weg über den Kompost wiederauferstehen. Wer sicher gehen will, schneidet die Tomaten einmal durch und kratzt die Samenkörner samt Fruchtfleisch (möglichst wenig davon, allerdings) in ein Trink- oder Becherglas. Den – zugegeben: nicht sonderlich appetitlichen – Glibber bedeckt man vollständig mit Wasser und gibt einen halben Teelöffel Zucker hinzu, Frischhalte- oder Alufolie drüber, mit einem Gummiring abdichten. Jetzt fängt es an zu gären. Das muss es auch, damit sich die schleimige Hülle auflöst, mit der die Tomaten den Samen eingehüllt haben (weil er sonst schon in der Frucht anfangen würde zu keimen).

Wenn man nun ein bis zwei Tage wartet, sinken die meisten der keimfähigen Samen im Glas zu Boden. Nach zwei Tagen hat sich auch der letzte Glibber vom Samen gelöst. Die müssen jetzt unbedingt aus der feuchtwarmen Flüssigkeit herausgeholt werden, sonst fangen sie tatsächlich an zu keimen. Am besten gibt man den gesamten Glasinhalt in ein grobes Sieb und hält es unter den Wasserstrahl. Die abgespülten Samen kann man auf Küchenkrepp oder Kaffeefiltern trocknen. Aufbewahren sollte man die Tomatensamen dann trocken, kühl und dunkel, so halten sie locker bis zum Frühjahr.

(7.11.2009)

Graswurzelgewalt

Bei dem Wort „Graswurzelrevolution“ habe ich früher immer an etwas vollkommen Friedliches gedacht, ökologisch und sozial. Ein derart fundamentales Missverständnis kann nur auf der vollkommenen Unkenntnis der Pflanze Gras beruhen.

Ich habe in diesem Jahr nicht ganz so viel Zeit für meinen Garten gehabt wie sonst, und deshalb standen Mitte November noch zwei Reihen Kartoffeln da. Wobei man nicht wirklich mehr erkennen konnte, dass es zwei Reihen Kartoffeln waren. Ich hatte aber anderen Beobachtern gegenüber den fundamentalen Wissensvorsprung, dass da im späten Frühjahr Pflanzkartoffeln in die Erde gelangt waren. Aber da auf diesem Gartenstück bis vor einer Weile noch eine Wiese gewesen war, hatte sich das früher einmal reichlich vorhandene Gras wieder so gründlich ausgebreitet, als sei da nie etwas anderes gewesen als eine Wiese für niederrheinische Schwarzbunte. Nur ausgemachten Gartendetektiven blieben die eingeschrumpelten Kartoffelstrünke nicht verborgen, die als eindeutige Indizien für den mutmaßlichen unterirdischen Aufenthaltsort von Kartoffelknollen gewertet werden konnten.

Als ich diesen Indizien probehalber nachging, kullerten mir tatsächlich ausgesprochen große Exemplare der Sorte „Blue Congo“ von der Grabegabel. Seltsamerweise hatten einige dieser Kartoffeln dicke Wurzeln bekommen, was ja sonst bei Kartoffeln eigentlich nicht passiert. Und bei genauerem Hinsehen stellte ich dann fest, dass es gar keine Kartoffelwurzeln waren – vielmehr hatten die sich ausbreitenden Graswurzeln tatsächlich in wenig freundlicher Absicht die Kartoffeln durchbohrt. Okay, die Wurzel ließ sich anstands- und problemlos wieder rausziehen. Wozu? Na ja, ich wollte es schließlich nicht auch noch auf eine Küchenrevolution ankommen lassen.

(28.11.2009)

Der Zufallsgärtner

Kennen Sie den Zufallsgärtner? Das schönste Exemplar kam in Wladimir Kaminers Kolonie-Expedition „Mein Leben im Schrebergarten“ vor. Darin erzählt Kaminer die Geschichte seines Vaters, der – noch zu Zeiten des Sozialismus – im Büro des Planwesens für ausklappbare Brücken berufsbedingt derart viel Zeit hatte, dass er mit den Kernen einer Zitrone spielte und sie in einen Blumentopf mit einem vertrockneten Veilchen drückte. Irgendwer wollte das Veilchen retten, goss und – erzeugte einen kleinen Zitronenbaum. Der hatte die Wirkung, die jede gedeihende Pflanze auf Menschen mit Mitgefühl und Verstand hat: Der Büro-Zitronenbaum machte Vater Kaminer zum Zitronenbaum-Gärtner. Er verbrachte ein Jahrzehnt im Schatten des gedeihenden Zitronenbaums, der irgendwann auch Früchte trug, kleine Zitronen, die recht sauer schmeckten – Zitronenbäumchen sind ja selbstfruchtend.

Aber dann kam die Perestroika, und die Planungsbüros für den Bau klappbarer Brücken boten nicht mehr ganz so viel Freizeit am Arbeitsplatz. In die Büros zog eine Firma ein; und da der Baum viel zu groß geworden war, als dass man ihn aus dem Büro hätte heraustragen können, hackte Vater Kaminer ihn in Stücke. Und nahm eine letzte Zitrone mit. Deren Kerne soll er dann bei seinem Sohn im Berliner Exil heimlich in einen Geranientopf gedrückt haben. Und was geschah? „Die Geranie ging sofort ein. Aber an ihrer Stelle wuchs nach wenigen Monaten ein Zitronenbaum heran. Ein Wunder war geschehen. Der Sinn im Leben meines Vaters war nachgewachsen. Seit fünf Jahren trägt sein Bäumchen nun auch wieder Früchte. Sie sind noch kleiner und noch saurer geworden.“

Zitronen sind eben auf eine ganz eigene Art dankbar – bei Zufallsgärtnern sowieso.

(23.1.2010)

Der Sportgärtner

Nachdem in der letzten Woche vom Zufallsgärtner die Rede war, kommen wir heute mal zum Sportgärtner. Die benutzen aus lauter sportlichem Ehrgeiz (oder aus heimlicher Sehnsucht nach den guten, alten Zeiten ohne Strommasten und Monopolisten) so wenig Elektrogeräte wie möglich.

Gut, Gärtner sind quasipraktisch von Natur aus fleißig, wer faul auf der Haut liegen will, der müsste ja schön blöd sein, sich einen Garten anzuschaffen. Ich kann solche Buchtitel wie „Gartentipps für intelligente Faule" schon nicht mehr lesen. Das klingt wie „Schlank durch Essen". Oder ehrliche Mogelpackungen. Wer einmal einen Gärtner an einem verregneten, kalten Februartag trübe wie das Wetter dreinblicken sah, der kann einfach nicht mehr glauben, dass Gärtner es bequem haben wollen.

Die Sportgärtner jedenfalls haben eine Zisterne oder einen Brunnen – selbstverständlich mit einer Handpumpe, so einer Schwengel-Pumpe, die nicht nur besser aussieht als jede Elektropumpe, sondern auch gesünder ist. Und: Kinder reißen sich geradezu darum, dort mal pumpen zu dürfen. Mit der Hand! Eigentlich wissen Kinder nämlich, was gut für sie ist, man darf sie nur nicht zu lange vor dem Fernseher sitzen lassen. Handpumpen-erschöpfte Zwerge sinken abends so sehr von selbst ins Bett, dass sich auch bei den Eltern ein überaus nervenschonender Effekt einstellt.

Sportgärtner haben auch keine Motorsäge. Sie haben auch selbst bei kilometerlangen Hecken keine „Rrrrrrrrrrrt"-Elektro-Heckenscheren, bei ihnen macht es noch „schnipp-schnapp" wie bei Wilhelm Busch. Ich habe das auch mal probiert, aber nach zwei Stunden haben sich bei mir die ersten Blasen an der Hand eingestellt. Sportgärtnerei ist gut und schön, aber wie alle guten Dinge kann man auch die übertreiben.

(30.1.2010)

Waldochsenzunge

Es hat eine ganze Weile gedauert, bis ich dahintergekommen bin, wie diese Pflanze heißt, die da aus einem unbekannten Migrationshintergrund mitten in unseren Garten hineingewandert ist. „Unkraut“, dachte ich im ersten Moment. Und grübelte noch, ob die hellen Flecken auf den Blättern nicht vielleicht eine Art Mehltau sein könnten.

Sind sie nicht.

Sie sind ein ganz normales Zubehör bei dieser Pflanze aus der Familie der Raublattgewächse. Sie hat mich restlos für sich eingenommen, seit mir aufgefallen ist, wie ihre Blüten das Gegenteil von Erröten hinbekommen: Ihre kräftig rosa ausfallende Farbe verwandelt sich von Tag zu Tag mehr in ein bläuliches Lila, und zwar eben nicht bei allen Blüten einer Pflanze gleichzeitig, so dass sich über Wochen hinweg ein munterbuntes Bild ergibt.

Jetzt blüht es wieder, das „Echte Lungenkraut“ unter unserem Knappkirschen-Baum. Der Pflanzenführer, in dem ich lange nachgeblättert habe, bis ich fündig wurde, vermeldet denn auch, dass das Lungenkraut normalerweise in Wäldern zuhause ist, was ich mal als dickes Kompliment für unseren Kirschbaum und die Erde darunter werte.

Das Lungenkraut, das in manchen Gegenden auch Blaue Schlüsselblume oder Waldochsenzunge heißt, gilt als schwierig. Aber wenn es einmal da ist, neigt es verschärft zur massenweisen Ausbreitung. Früher trocknete man die Lungenkraut-Blätter, um einen Hustentee daraus zu brühen.

Bleibt allerdings die Frage, ob es eigentlich auch ein unechtes Lungenkraut gibt. Zumindest das falsche Lungenkraut glaubt mancher ja schon zu kennen, als Nicotina, unter uns Laien auch Tabak genannt. Für andere wiederum ist es das wahre Lungenkraut. Fest steht allemal, dass man’s in der Pfeife rauchen kann. Das würde ich mit dem echten Lungenkraut eher nicht probieren. Es reicht ja, wenn es hübsch blüht.

(27.3.2010)

Blumengemüse

Neulich bekam ich wieder einen dieser Sätze zu hören, die immer anfangen mit „Schreibdochmalüber“. Diesmal endete er mit dem Wort „Zierpflanzen“. Dabei kenne ich gar keine anderen mehr als Nutzundzierpflanzen – man muss ja immer nur genau hinsehen. Und dann erkennt man schon die blumigen Qualitäten von blühenden Erbsen (spätestens da sieht man, dass sie im Grunde genommen nichts anderes sind als weiße Wicken mit essbarem Samen), von sprießendem Brokkoli oder die geradezu papageienbunte Vielfalt der Mangoldsorte „Bright Lights“, deren Farbpalette ja von Butterblumengelb über Rosenrot bis Fliederviolett reicht.

Ich hab überhaupt nichts gegen Akeleien zum Beispiel. Deren Blüte könnte ein Jugendstil-begeisterter Filigrantechniker mit Hang zur Opulenz entworfen haben. Nein, sie sind als Staudenpflanzen nicht nur pflegeleicht (sie verwildern gern und man bekommt mitunter sogar schöne Kreuzungen, wenn man sich verschiedene Sorten in den Garten holt), sie sind wirklich verflixt schön, wenn sie so im Winde nicken, nicht selten sogar zweifarbig, mit einem charmanten Blau-Anteil – und dann mit diesen Blütenfäden, die ihnen den Namen eingebracht haben, der sich vom lateinischen „aquila“ ableitet, dem Wort für Adler: Die Botaniker dachten beim Anblick dieser geschwungenen Blüten-Zierleisten unwillkürlich an eine Greifvogel-Kralle.

Also nochmal zugegeben: Akelei-Blüten sind geradezu spektakulär filigran und zauberschön. Aber ich fände sie eben noch sehr viel schöner, wenn sie nach der Blüte auch etwas hervorbringen würden, was nahrhaft ist. Oder gut schmeckt. Oder wenigstens lecker zubereitet werden könnte.

Aber wer sagt eigentlich, dass das nicht der Fall ist?

Vielleicht sollte man nach der Akelei-Blüte einfach mal die Samenschoten einsammeln und eine Experimentierwoche in der Küche einlegen.

(29.5.2010)

Nur mal eben angleichen

Zu meiner Schulzeit hatte ich einen Banknachbarn, der zweimal im Jahr der unglücklichste Mensch der Welt war. Christian hatte eine Mutter, die sich vom Do-it-yourself-Fieber anstecken ließ und ihrem Sohn den Gang zum Friseur ersparen wollte. Das Schreckenswort, das meinem Freund Christian jedes Mal in den wieder freigelegten Ohren gellte, hieß: angleichen. „Oh“, sagte seine Mutter, „das ist mir ein bisschen schief geraten, da muss ich angleichen!“ So bekam Christian jedes Mal einen Haarschnitt verpasst, der kurz nach der Erfindung des Tonfilms noch „Mecki“ hieß, zu unserer Zeit aber schon als Skinhead-Wahrzeichen galt.

Warum ich auf den armen Christian komme? Na ja, ich habe meine Buchsbaumhecke geschnitten …

Es ist immer dasselbe: Hier noch ein bisschen weg und da ist noch was stehengeblieben – und schwupps, können die Mäuse die Hecke als Hindernis beim Springreiten benutzen.

Jedes Jahr im April nehme ich mir vor, den Buchsbaum diesmal aber früher zu schneiden – und dann wird es doch wieder Anfang Juni, wenn es eigentlich zu warm für den Schnitt ist. Das Gute am Buchsbaum ist ja, dass er immer wieder nachwächst (so ähnlich hat sich natürlich auch mein Freund Christian getröstet). Aber wenn es warm ist, werden die Blätter, die man beim Stutzen der Hecke mit einschneidet, gelb. Und das passiert unweigerlich, wenn man eine Heckenschere benutzt. Man kann natürlich auch die Garten-, die Rosen- oder jene Schafschur-Scheren nehmen, die jetzt oft zum Buchsbaumschnitt angeboten werden; aber auch damit bleibt der Buchs nur dann grün, wenn man jedes Ästchen einzeln schneidet. Das mag ja für eine einzelne Buchsbaumkugel noch angehen, aber bis man auf diese Weise eine 20-Meter-Hecke fertig gekappt hat, ist es längst August – da ist für manche Hecken schon der zweite Schnitt fällig.

(12.6.2010)

Die Farbe Lila

Die Erlebnis- und Event-Gastronomie kennt ja schon seit längerem essbare Blumen. Deren größter Reiz liegt allerdings darin, dass es Blumen sind, die man da isst, und nicht etwa Gemüse oder Kräuter. Das ist von ähnlichem Reiz wie eine Autobahn, die man zum Spazierengehen nutzt oder zum Fahrradschieben. Der aromatische Zusatznutzen hält sich jedenfalls in stengel-engen Grenzen – es sei denn, man greift zum doch eher durchdringenden Veilchen. Gänseblumen jedenfalls sind ungefähr so lecker wie Gänsewein. Es gibt inzwischen aber auch im einschlägigen Fachhandel Samenmischungen mit essbaren Blüten, die allerdings auch weitgehend auf geschmackliche Neutralität getrimmt sind:

Das Auge isst zwar mit. Aber Zunge und Gaumen eben auch.

In jüngster Zeit aber nimmt der alte Widerstreit zwischen Nutz- und Ziergarten noch eine ganz andere schöne Wendung, die einen großen Friedensschluss verheißt. Und vor allem: viel Farbe im Garten.

Die Rede ist von kunterbuntem Gemüse. Ich hätte mir vor Jahren nicht mal träumen lassen, einmal lila Blumenkohl im Garten stehen zu haben. Oder auch lilafarbene Kohlrabi. Wahrscheinlich kennen Pflanzenzüchter außer dem „Namen der Rose“ nur noch einen Film: „Die Farbe Lila“. Jedenfalls schmecken die violetten Gemüse meist ein bisschen herber und kräftiger als ihre grünen Geschwister.

Inzwischen habe ich sogar lilafarbene Erbsenschoten, auch wenn leider nur vier Pflanzen von dieser extraschrägen Sorte überhaupt aus der Erde gekommen sind. Jedenfalls passen sie farblich hervorragend zu den „Blue Congo“-Kartoffeln (bei denen ich mich jedes Mal wundere, warum sie auch den Namen „Blauer Schwede“ tragen, denn sie sind eindeutig violett). Die haben nämlich einen ganz eigenen Geschmack, der sie deutlich von anderen Kartoffeln unterscheidet. Da lohnt sich die Farbe Lila wirklich.

(24.7.2010)

Thymian zum Treten – und für den Salat

Ich bin Ihnen noch ein himmlisches Bohnensalat-Rezept schuldig, auf das ich beim letzten Mal durch den Thymian gekommen bin.

Eine ziemlich raffinierte Art, Thymian anzupflanzen, habe ich übrigens auf einem ehemaligen Bauernhof im Bergischen gesehen: Da war ein Gartenweg mit unbehauenen Sandsteinplatten gepflastert, zwischen denen sich Lücken auftaten. In diese Lücken hinein hatte die Besitzerin kleine Thymian-Sträucher gesetzt. So bekam das Kraut die volle, pralle Sonne, die es so gern hat, und war nicht der lästigen Konkurrenz durch andere Pflanzen ausgesetzt, die sonst nicht selten dazu führt, dass alles andere grünt und gedeiht, während der arme Thymian vor sich hin mickert.

In einem Garten in Bottrop habe ich dagegen den Teppich-Sandthymian (Thymus sepyllum „Magic Carpet“) kennengelernt: Eine Thymian-Sorte, die zum Betreten gedacht ist! Man läuft darüber hinweg, quetscht die Blätter ein und schon steigt ein wunderbarer Thymian-Duft auf. Und glauben Sie's mir: Der Thymian will das so! Der braucht das! So eine Art Masochist unter den Thymian-Sorten. Kombiniert war dieser Thymian mit einer Römischen Tretkamille (Chamaemelum nobile „Treneague“), die die eigenwilligen Vorlieben des Teppich-Thymians teilt.

Die beste Thymian-Sorte für den Bohnensalat ist der Zitronen-Thymian. Also: Man braucht 500 gr zarte grüne Bohnen, Salz, 2 Stängel Bohnenkraut, 4 Stängel Thymian, 6 Stängel Basilikum, eine Knoblauchzehe, eine Schalotte, 4 Essl. weißen Balsamico, 1 Prise Zucker, weißen Pfeffer, 6–7 Essl. Olivenöl, 75 gr. Mozzarella, je 1 Essl. Pinienkerne und gehackte Pistazien. Bohnen 6–8 min. mit dem Bohnenkraut und 2 Stängeln Thymian kochen (nicht zu weich!), sofort in Eiswasser, damit sie grün bleiben.Kräuter Knoblauch, Schalotte und Basilikum klein schneiden, Thymianblätter abstreifen und mit Salz, Zucker, Pfeffer, Balsamico und Öl zu einer Vinaigrette verrühren, Mozzarella würfeln und beides mit Pistazien und Pinienkernen zu den Bohnen geben. Etwa zwei Stunden ziehen lassen – lecker!

(28.8.2010)

Birne in der Flasche, Teil II

Wieder kam die Herbstzeit und die Birnen leuchteten weit und breit – heureka, Bauer Dirksen auf Dirksen im Rheinruhrland hat endlich seine Birne in der Flasche. Nein, es geht hier nicht um meinen Kopf, und ich weiß auch, dass die meisten Flaschen nichts in der Birne haben, aber bei mir ist es umgekehrt. Nachdem im vergangenen Jahr mein Versuch, eine Birne in die Flasche hineinwachsen zu lassen, schon Ende Juni beendet werden musste, weil sich die doofe Birne anstellte wie Oskar Matzerath im dritten Lebensjahr und einfach nicht mehr weiterwuchs. Im Unterschied zu Oskarchen konnte die Birne aber zum Glück kein Glas zum Platzen bringen, sondern verkümmerte sang- und klanglos.

In diesem Jahr aber hat es endlich mal hingehauen. Ich hatte die richtige Flasche (mit möglichst kurzem Hals) gefunden, die richtige Birne am Baum gefunden (nicht an einem dünnen Zweig, sondern an einem dickeren Ast) und die junge Birnenfrucht durch den Flaschenhals in ihr kleines Gewächshaus gesteckt. Wichtig ist, dass die Flasche im Baum mit der Öffnung nach unten aufgehängt wird (damit kein Dreck reinkommt und das Kondenswasser leicht abfließt). Man kann die Flasche mit Draht von verschiedenen Seiten im Baum verspannen; man kann aber auch, das habe ich in Österreich gesehen, die Flasche mit dem Hals durch die Öffnung eines Netzes nach unten ragen lassen und dann das Netz im Baum aufhängen.

So ist die „Clapps Liebling“ dann in die Flasche hineingewachsen und war auch sicher vor den Wespen, die bei den frühen Birnen verheerende Fraß- und Flurschäden angerichtet haben. Jetzt ist sie übrigens noch sicherer, denn ich habe sie mit Schnaps aufgegossen, das konserviert ja – Jahre. Ich werde sie meinem Vater, ohne dessen Hilfe unser Garten längst verdschungelt wäre, zum Geburtstag schenken. Aber pssst! Nicht verraten! Es soll ja eine Überraschung werden …

(25.9.2010)

In der Fliegenfalle

Können Sie sich noch daran erinnern, dass unsere Wohnzimmer einmal kurz davor waren zu verdschungeln? Das ist schon länger her, ich weiß, auch wenn ich zugeben muss, dass es bei uns etwas gedauert hat, bis das Grün gelichtet war. Aber was heißt das schon? Jetzt drängeln sich all die Kakteen, Ficusse (oder heißen die Ficeen?) und Drachenbäume eben bei mir im Bücherzimmer zusammen. Kommt davon, wenn man nix Grünes wegwerfen kann.

Die Yuccapalmen sind aber auf der Terrasse gelandet, und ich gebe zu: Es war ein Hauch von Enttäuschung dabei, als ich neulich feststellen durfte, dass Yuccapalmen tatsächlich Frost überstehen können. Ob Sie's glauben oder nicht, eine große Yucca habe ich sogar in eine Hecken-Lücke gesetzt. Die Kaninchen haben vielleicht Augen gemacht …

Derweil hat im Haus wieder eine gewisse Grün-Renaissance eingesetzt, und daran sind die doofen Obstfliegen schuld. Die Biester haben sich ja in den letzten Jahren noch stärker vermehrt als unsere Zweifel am Klimawandel. Klar, kann man sein Obst auch im Kühlschrank schützen. Oder unter irgendwelchen Abdeckhauben. Aber meine Frau hat sich entschlossen, das Übel an der Wurzel zu packen – und eine Venus-Fliegenfalle angeschafft. Das hat prächtig funktioniert und vor allem zur guten Laune der Familie beigetragen: Was haben wir gelacht, wenn das „Maul" der Falle lautlos zuklappte, sobald eine Fliege drinsteckte. Selbst die beiden sonst eher missionarisch veranlagten Vegetarier unser Familie fingen plötzlich Fliegen, um sich das stille Spektakel noch einmal mit aller Hingabe anzuschauen.

Letztes Wochenende wurde es ja plötzlich wieder ein bisschen mild. Da kreiste noch mal eine vereinzelte Fliege, werweißwoher. Aber jetzt ist Advent. Und die Fliegenfalle hat Hunger. Ob sie Salamiwürfel mag? Oder eine Tofuspende von den Vegetariern?

(27.11.2010)

Unter Garten-Christos

„Muss ich meinen Rosmarin nicht lieber schön warm einpacken?“, fragte neulich ein lieber Kollege ganz besorgt, und ich hatte wieder Gelegenheit, St. Hanns Dieter zu zitieren, den früher einmal sehr berühmten Niederrhein-Heiligen. „Kann, muss aber nicht!“, sagte Hüsch immer, auch wenn er nicht danach gefragt wurde, ob man seinen Rosmarin nicht lieber schön warm einpacken sollte.

Ja, in bitterkalten Wintern ist es schon passiert, dass manche Rosmarinsträucher eingefroren sind – sogar alte, dicke, die für gewöhnlich beinhart im Nehmen sind. Aber: Mir ist das noch nicht passiert. Und das will nach den beiden vergangenen Wintern nun wirklich etwas heißen. Ich hab Rosmarin und Salbei sogar als Ziersträucher in den Vorgarten gesetzt, gerade weil sie im Winter noch sehr schöne graugrüne Blätter und grasgrüne Nadeln tragen. Da wär's doch geradezu Quatsch, die einzupacken!

Nun muss man einerseits Verständnis für den verzagt fragenden Kollegen haben, weil er aus einem olivenbaumhaltigen Migrationshintergrund kommt. Zum anderen werden die Garten-Christos um uns herum immer mehr. Kaum noch ein Beet, in dem nicht ein verhüllter Strauch steht, und schuld daran ist der blöde Klimawandel, der einfach nicht kommt.

Was hatten wir uns gefreut, dass wir endlich Feigenbüsche, Mandelbäume und Bougainvilleen anpflanzen könnten – und sie unbesorgt draußen stehen lassen dürften. Aber dann kommt tatsächlich dreisterweise wieder so ein Winter! Mit Frost und allem Zippundzapp!

Solange das so ist, spiele ich weiter mein Garten-Roulette: Was überlebt, darf draußen stehen bleiben, alles andere kommt im Frühjahr auf den Kompost. Auf diese Weise zittert der Gärtner im Winter doppelt. Und wie mein zweiter Versuch ausgegangen ist, die Dahlienknollen einfach in der Erde zu lassen (erst hab ich nicht dran gedacht, dann war der Boden gefroren), erzähle ich Ihnen dann im Frühjahr.

(18.12.2010)

Wie die Karnickel

Jetzt muss ich aber mal die Topinambur-Knollen aus dem Boden holen! Sonst treiben sie im Frühling wieder aus und vermehren sich wie die Kaninchen.

Topinambur ist ein Modegemüse, und insgeheim vermute ich, dass sich die aktuelle Topinambur-Konjunktur vor allem dem Bedürfnis von TV- und Radioköchen nach Abwechslung in den zu füllenden Programm-Minuten verdankt. Immerhin: In Zeiten, in denen es jenseits von Feldsalat und Grünkohl kaum frisches Gemüse aus der Region gibt, hat Topinambur Hochsaison. Jemand hatte mir erzählt, Topinambur seien eine Art Kartoffeln, also hab ich sie beim ersten Mal 20 Minuten gekocht. Fehler! Zwölf, höchstens 15 Minuten reichen dicke. Ich finde allerdings, wenn man sie roh lässt und in einen Salat hineinraspelt, schmeckt man das nussige Aroma besser heraus. Viel macht man mit dem Kochen allerdings auch nicht kaputt: Topinamburknollen enthalten vor allem Fruchtzucker und Mineralstoffe wie Eisen, Silizium und Kalzium. Und sie sind so etwas wie die Kürbisse unter den Knollen. Am besten kombiniert man sie mit anderem Gemüse. Man kann sie etwa scheibchenweise in Zwiebelsuppe mitkochen, man kann sie auch – angedünstet – im Verhältnis 1:1 mit Tomatenwürfeln, etwas Zitronensaft, Olivenöl und Basilikum als Salat anrichten. Oder samt Tomaten mit Käse überbacken.

Topinambur hat übrigens viele Alternativ-Namen, etwa Erdbirne, Erdartischocke oder Knollensonnenblume. Letzteres verrät übrigens, warum sie in unserm Garten immer noch gern gesehen sind, trotz ihrer unkrautähnlichen Vermehrungsrate. Wenn sie im Sommer blühen, hat man nämlich lauter Mini-Sonnenblumen mit schönem Laub. Sie wachsen fast in jeder Erde, selbst in sehr sandiger.

Meine Tochter hat mir in diesem Jahr übrigens bei der Ernte geholfen, sie verfüttert die „Toppis“, wie wir sie nennen, an ihre Kaninchen. Die vermehren sich ja schließlich wie Topinambur.

(19.2.2011)

Und pflanz noch einen ...

Es gibt eine Menge guter Gründe, Äpfel selbst anzubauen, aber in den letzten Monaten ist noch einer hinzugekommen. Was heißt einer? Zu Abertausenden pappen sie auf den Äpfeln im Supermarkt. Und wer immer auf die Idee gekommen ist, jeden Apfel, der nicht bei drei wieder auf dem Baum ist, mit einem eigenen, daumennagelgroßen Aufkleber zu versehen, der hat wahrscheinlich nicht viel in der Birne (ach, da pappen die doofen Dinger ja auch drauf!).

Wer mag denn nur auf die Idee gekommen sein, dass Apfelkäufer Hunger auf Klebstoff haben? Okay, wer beim Abknibbeln nur grobmotorisch genug vorgeht, der entfernt ja nicht nur den Aufkleber, sondern auch die darunter befindliche Apfelschale gleich mit. Routinierte Aufkleberapfelkäufer wissen allerdings nach einigen leidvollen Erfahrungen, dass man die Aufkleber tunlichst erst wenige Sekunden vor dem Apfelverzehr abknibbelt.

Um ganz sicher zu gehen, keinen Apfelaufkleberkleber zusammen mit dem Apfel zu essen, müsste man den Kleber eigentlich mit Waschbenzin entfernen – was ganz neue Aroma-Varianten ergeben dürfte.

Man könnte ja noch einen Hauch von Verständnis für die Apfelaufkleber entwickeln, wenn auf ihnen vielleicht wertvolle Informationen vermerkt wären – Apfelsorte, Herkunft, Pestizidverbrauch pro Stück, Pflückdatum, Vitamin-C-Gehalt, Kalorien oder Nährwert. Meinetwegen auch der Preis, pro Stück, fürs Kilo, weiß der Teufel.

Aber was dann tatsächlich darauf steht, ist der Name der Firma, die dafür gesorgt hat, dass das Obst von werweißwoher bis zu uns transportiert wurde. Und dafür, dass irgendwelche armen Teufel Apfelaufkleber auf die Äpfel gepappt haben. Oder gibt es dafür inzwischen sogar schon Maschinen? Was für eine Verschwendung!

Ich hätte glatt Lust, gleich morgen noch einen Apfelbaum zu pflanzen.

(14.5.2011)

Gießen für den Bizeps

Der Garten ist mein Fitness-Studio, sage ich immer, und das nicht nur beim Umgraben, beim Aststutzen oder beim Heckenscheren. Auch die Verteilung des fassweise aufgefangenen Regenwassers wird hier und da zur sportlichen Herausforderung, vor allem, wenn die Gießkannen bis in den hintersten Winkel des Gartens geschleppt werden wollen, damit sich die Pflanzen auch dort einmal wieder einen guten Schluck aus der Pulle gönnen können.

Aber was das Wetter mir da neulich an Trainingseinheiten zugemutet hat, war denn doch entschieden zu sehr auf eine Olympia-Qualifikation ausgerichtet. Meine Arme pendelten – gefühlt – kurz über dem Löwenzahnfleisch, und ich wunderte mich schon darüber, dass zwischen Hand und Grasnarbe immer noch eine ganze Gießkanne passte. Am Ende war ich dann wahrscheinlich der Einzige, der sich über die lange Trockenheit gefreut hat. Denn als endlich der letzte Wassertropfen aus dem letzten Regenfass gedrungen war, hatte ich ja gar keine Alternative mehr, ich musste zur Schlauchbewässerung übergehen.

Wobei das Gießen mit dem Schlauch ja wirklich immer nur die zweitbeste Lösung darstellt; nicht nur, weil das Wasser aus dem Kran kostet und gechlort ist, sondern auch, weil es meist aus einer tieferen Erdschicht kommt, wo selbst im Hochsommer noch kühle Temperaturen herrschen – für die Pflanzen ist ein derartiger Wasserstrahl ein regelrechter Schock, eine eiskalte Dusche.

Die Verlockung, mit einem Schlauch (oder einem Regner) großflächig zu gießen ist ebenso naheliegend wie riskant. Denn am besten werden Pflanzen natürlich am Stielansatz oder im Wurzelbereich gegossen – Wasser von oben kann an strahlend sonnigen Tagen im schlimmsten Fall, Tropfen für Tropfen, eine Brennglas-Wirkung entfalten und Pflanzenblätter gelb werden lassen. Und auch beim Gießen gilt die alte Gärtnergleichung „Viel Weile = gut Ding“ – wer alles auf einen Schwung schüttet, erreicht nur, dass sich das Wasser in die Breite verteilt statt in die tieferen Bodenschichten einzusickern.

(21.5.2011)

Lecker Erbsen zählen

„Mhhhh", grinste unser Linus am Mittagstisch fast im Kreis, „unsere Erbsen, ne?!" Er hatte natürlich recht, es waren keine Erbsen von Käpt'n Iglo, sondern aus dem eigenen Garten. Das ist deshalb so natürlich, weil man die Erbsen tatsächlich am Aroma erkennen kann. Für mich schmecken sie nach früher, für Linus einfach kräftiger. Erbsiger, sozusagen.

Das sind so Augenblicke, in denen man wieder weiß, warum man sich draußen abkrückt. Wobei mein Erbsen-Rankgerüst aus Dachlatten und Karnickeldraht jetzt keine große Arbeit macht, und Erbsen in die Erde zu drücken auch nicht. Aber was haben wir in diesem Frühjahr gießen müssen, damit sich überhaupt was emporrankt am Draht!

Zur Arbeit gehört allerdings auch das Döppen, bei dem einen die Kinder gerne zur Hand gehen. Jedenfalls in den ersten zwei Minuten. Aber für eine Familienportion sind auch geübte Döpper eine gute Viertelstunde bis zwanzig Minuten zugange. Das ist es, was neben dem Erbsenpflücken (das ja Argusaugen erfordert) den Unterschied zum Supermarkt-Einkauf besonders spürbar macht. Man hat dieses Gemüse wirklich in der Hand, es ist einem weniger fremd und man fühlt sich weniger fremdbestimmt – man weiß ja, wie das Gemüse groß geworden ist. Und ist doppelt froh, dass es den Garten gibt, weil wenigstens hier keine Rating-Agentur der Welt was zu sagen hat.

Zählen kann man die eigenen Erbsen übrigens auch viel leichter. Denn während sich die Erbsen aus dem Tiefkühlfach gleichen wie ein Ei dem anderen und man schnell durcheinandergerät, kommen einem aus den unsortierten Schoten mal große Knaller, mal kleine Knicker entgegen – beinahe jede Erbse ein Individuum und unverwechselbar.

Ich kann sehr gut verstehen, dass Menschen heutzutage keine Zeit mehr finden, sich selbst um ihr Gemüse zu kümmern. Aber dass es einem fast schon wie ein Luxus vorkommt, sagt mehr über unsere Zeit, als man wissen möchte.

(16.7.2011)

Die Wilde Karde

Im Norden von Spanien, am Fuße der Pyrenäen bin ich der wilden Karde zum ersten Mal in meinem Leben begegnet, es war ein lila Exemplar, und gleich flanschte sich ein beinahe tropisch anmutender Schmetterling auf das hochzierliche, eierförmige Blütengebilde. Diese Kombination wird es gewesen sein, die mich nicht im Traum daran denken ließ, die so exotisch anmutende Wilde Karde in einen gemeinen Bauerngarten irgendwo zwischen Rhein und Ruhr zu verpflanzen.

Neulich habe ich erfahren, dass man die Karden früher in der Nähe von Webereien auf ganzen Feldern angebaut hat, auch bei uns in der Gegend. Die stacheligen Pflanzenteile, die ja noch pieksiger sind als Disteln, hat man dann dazu benutzt, Tücher und Wollstoffe aufzurauen. Diese Tätigkeit war sogar nach der Pflanze benannt, das „Kardieren" gibt es in der Textilindustrie heute noch, nur dass man keine Karden mehr dazu benutzt, sondern Maschinen.

Ich glaube, ich werde doch mal versuchen, auch bei mir eine Karde anzubauen, denn über die pure Schönheit ihrer lilafarbenen, seltener auch weißen Blüten hinaus ist das eine hochinteressante Pflanze: Da, wo die Blätter an den bis zu zwei Meter hohen Stängeln zusammengewachsen sind, bilden sich Gefäße, in denen das Regenwasser zusammenläuft, ein Mini-Gartenteich am Stiel, eine Vogeltränke und in manchen Fällen, hört man, sogar ein Frosch-Pool. Außerdem ist die Karde so etwas wie der Sommerflieder in stachelig: Ein großartiges Lockmittel für Schmetterlinge – und im Herbst, wenn aus den Blüten Samenstände geworden sind, locken sie auch noch Singvögel wie die schönen Distelfinken an. Und allmählich ist die richtige Zeit, Karden auszusäen: Sie sind zweijährig, das heißt, dass die Sämlinge schon im Herbst oder Winter heranwachsen und dann im Folgejahr blühen. Sie brauchen stickstoffhaltigen, kalkreichen, humosen Boden und einen sonnigen Standort.

(20.8.2011)

Drillinge, auch für Kinder

Ich muss doch nochmal auf meine Kartoffeln zurückkommen, auch wenn ich neulich an dieser Stelle schon ein bisschen gestrunzt habe mit den dicken Knollen, die ich dieses Jahr eingefahren habe. Das war, Ihnen kann ich's ja anvertrauen, weil es unter uns bleibt, selbstverständlich nur die halbe Wahrheit; ich wollte damit nur klarmachen, was von den Unkenrufen aus den Pommesbuden zu halten ist.

Die andere Hälfte der Wahrheit ist allerdings: Es sind natürlich auch nicht wenige von den Kartoffeln zusammengekommen, die mir eigentlich die liebsten sind. Das sind die kleinen, manche sagen „Drillinge" oder „Salatkartoffeln", also alles, was zwischen zweieinhalb und vier Zentimeter dick ist, also dick jetzt im Sinne von schmal.

Das sind jedenfalls die Kartoffeln, die man am besten frisch nach der Ernte essen sollte, weil man sie nur mit Schale essen kann. Wenn man sie schälen würde, dann würden nur noch Kartoffelkrümel übrigbleiben. Die könnte man dann vielleicht essen, aber nicht mehr mit Messer und Gabel, weil man beim Schälen mangels Kartoffeloberfläche bestimmt auch die eine oder andere Fingerkuppe samt Umgebung erwischt hätte.

Appetitlicher ist es jedenfalls, die Drillinge mit Olivenöl einzupinseln und aufs Backblech zu legen und sie 20 Minuten bis eine halbe Stunde lang im Ofen bei 160 Grad zu garen. Ich reichere das Öl gern noch mit Rosmarinnadeln, drei oder vier Spritzern Zitronensaft und der einen oder anderen Knoblauchzehe an. Das dauert auch nicht viel länger als die Kartoffeln zu schälen und zu kochen, ist aber tausendmal leckerer.

Allerdings hatte ich den Eindruck, dass die kleinen blauen Kartoffeln sich für den Ofen weniger eignen. Denn ihre Schale ist so dick, dass auf dem Backblech kleine Kaugummis draus werden. Aber unsere Kinder mochten das besonders gern. Es kommt eben doch alles auf die Größe an.

(3.9.2011)

Einstein im Garten

Haben Sie auch gelesen, dass der große Einstein jetzt so gut wie relativiert ist? Wahrscheinlich fliegen Neutrinos doch schneller als das Licht. Dabei hatte Einstein immer gesagt, so schnell wie das Licht, das fast 300 000 Kilometer pro Stunde zurücklegt, sei sonst nichts auf der Welt. Jetzt aber hat man Neutrinos gemessen, die 20 Millionstel schneller waren als das Licht.

Ja, du liebe Zeit, um das herauszufinden, hätte man doch nicht extra diesen sündhaft teuren Teilchenbeschleuniger CERN bei Genf bauen müssen! Und schon gar nicht das Neutrino-Observatorium im italienischen Gran Sassot, das ja auch nicht aus der Portokasse für Hochgeschwindigkeitsteilchen bezahlt wurde!

Ich weiß jedenfalls schon längst, dass es etwas gibt, das schneller ist als das Licht. Aber von diesen Physikern geht ja wahrscheinlich nie mal einer in den Garten. Wenn sie das nämlich mal täten, die Herren Forscher, dann wüssten sie, dass nichts so schnell verfliegt wie die Zeit im Garten.

Nun gut, ich gebe zu, es hängt von der Jahreszeit ab. Im Frühjahr, wenn es morgens noch knackig kalt ist, wenn die Sonne auch tagsüber den Hintern noch nicht so richtig hochbekommt, da wollen und wollen die Pflanzen nicht aus der Erde kommen, sondern verkrümeln sich – und die Zeit will einfach nicht vergehen, sie zieht sich wie ein altes Kaugummi im Hochsommer auf Asphalt.

Aber jetzt, im Herbst, wo alles reif und überreif wird, wo man eben noch die Spätkartoffeln aus der Erde holen muss, die letzten Tomaten pflücken, neue Erdbeeren pflanzen und die verblühten Rosen schneiden muss, damit bis November vielleicht noch ein paar Blüten nachkommen…, ja, da flitzt die Zeit im Garten aber dahin! Und zack! – hastdunichtgesehn ist es schon wieder dunkel, und das auch noch jeden Abend ein bisschen früher, in einem Tempo, dass jeder Neutrino vor Neid blass werden müsste.

Ob man diese Neutrinos eigentlich auch aussäen kann?

(1.10.2011)

Andenkapstachelbeere

Die Kapstachelbeere, die sich ja, wie ich stolz vermeldet habe, auch an Rhein und Ruhr anbauen lässt, ist eigentlich eine Andenbeere – die Physalis peruviana, wie sie mit botanischem Namen heißt, wird zwar auch in Südafrika angebaut, aber sie stammt aus Peru.

Sie ist übrigens mit der Lampionblume (Physalis alkekengi) verwandt, deren orange leuchtende Miniballons Sie vielleicht eher kennen, weil die Rhizome dieser Physalis auch bei uns winterhart sind, und zwar sehr hart. Ich kenne ein Baggerloch-Ufer, das ich jedes Jahr im Frühsommer aufs Neue bestaune, weil dort zuverlässig diese karottenfarbenen Bömmel baumeln.

Vom Karotin ist aber wiederum in der Andenkapstachelbeeren-Physalis besonders viel vorhanden, Vitamin C (daher die Säure) und Vitamin E ebenfalls in reichem Maße drin, die reinste Medizin also.

Das Beste an der Physalis finde ich, dass sie eine dieser Früchte ist, bei denen die Verpackung von der Natur gleich mitgeliefert wird, so wie bei Bananen und ganz im Gegensatz zu Erd-, Him- und sonstigen leckeren Beeren. Die Umhüllung bei der Physalis ist allerdings sehr zart – und doch verhindert sie oft, dass man erkennen kann, wie reif die Frucht eigentlich ist. Das muss sie unbedingt sein, bevor man sie pflückt. Denn das Schlechteste an der Physalis ist leider, dass sie überhaupt nicht nachreift, wie ich in den letzten Tagen feststellen durfte. Ich hatte natürlich gleich nach dem ersten Frost alles abgepflückt, was ich an Lampions zu fassen gekriegt habe, zum Teil sogar noch grüne. Das war großer Quatsch, denn sie wurden zu Matsch. Als ich sie ein paar Tage (und die letzten sogar zwei Wochen) später aufgemacht habe, hatten die graugrünen Beeren innendrin, die sonst so saftigschön leuchten, ganz eingefallene Wangen.

Dafür halten sich die Physalis unglaublich lange frisch, auch ohne Kühlung oder Konservierungsmittel. Daran sollte man vielleicht denken, wenn man das nächste Mal ein Körbchen voll davon im Supermarkt kauft, das aus Kolumbien stammt.

(3.12.2011)

Ich bin gar kein Gärtner

Der Winter ist nun mal die Siesta des Nordens, damit habe ich mich all die Jahre darüber hinweggetröstet, dass Wind und Wetter in dieser Jahreszeit immer ausgerechnet dann dazwischengehen, wenn ich mal einen Fuß nach draußen in den Garten setzen will. In diesem Jahr aber ist das ja alles ein bisschen anders. Die Geranien stehen immer noch auf der Fensterbank und sträuben sich mit allerletzten roten Blütenblättlein gegen das Einrücken ins Winterquartier. Mein Zitronenbusch lauert bis heute noch an der Ziegelsteinmauer auf letzte Sonnenstrahlen (die allerdings niemand so gut findet wie unser Kater und die beiden Hühner, die uns der Bussard noch übriggelassen hat). Und auch im Gemüsegarten sträuben sich noch etliche Mangoldblätter gegen das Verwelken, sehr zur Freude der Kaninchen.

Eigentlich mag man gar nicht glauben, dass schon fast Winter ist. Ich merke bei solchen Gelegenheiten immer, dass ich mich im Garten viel zu gern von der Natur treiben lasse. Wahrscheinlich bin ich gar kein richtiger Gärtner, der wahre Gärtner handelt ja immer vorausschauend. Ich aber werde Mal um Mal nur aus Schaden klug. Ich muss den neu gepflanzten Apfelbäumen rubbeldikatz noch ganz schnell Karnickeldrahthosen anziehen, weil mich erst die hellen Stellen ohne Rinde daran erinnern, dass manche bei uns im Garten einen ganz anderen Geschmack haben als wir Baumpflanzer. Und bis ich den Zitronenbaum reinhole, muss wahrscheinlich erst auf eine Frostnacht noch ein strahlend milder Tag folgen, der sich warm genug anfühlt, um nochmal auszurücken.

Aber die Geranien, die hole ich jetzt wirklich mal rein, denn die meisten überwintere ich seit Jahren, und da wäre es doch zu schmählich, wenn sie von einem allzufrühen Frost-Schlag in die ewigen Jagdgründe geschickt würden.

Mal sehen, ob an diesem Wochenende die Erde noch offen ist. Ich hab da nämlich noch ein paar Tulpen-, Krokus- und Narzissenzwiebeln liegen.

(17.12.2011)

Geranienpelargonien

Wie also überwintern wir Geranienpelargonien, gesetzt den Fall, es wird noch mal Winter? Kühl jedenfalls, an einem Ort, der halbwegs frostfrei ist (zwei, drei Nächte bei unter null Grad halten sie aber aus). Ich habe das Glück, über einen ehemaligen Stall zu verfügen, so eine Art Keller im Erdgeschoss. Da stehen die Pelargonien im Winter, zusammen mit dem Zitronenbusch und dem Oleander. Und in den letzten beiden, manchmal bitterkalten Wintern ist mir das Gießwasser dort hin und wieder eingefroren – aber die Pflanzen haben alle überlebt.

Manche Experten raten, die Pelargonien vor dem Einzug ins Winterquartier zurückzuschneiden; ich habe allerdings mit einem Schnitt Ende Februar, Anfang März auch gute Erfahrungen gemacht, es ist dann offenbar noch nicht zu spät. Allemal sollte man zeitig die braunen Blätter und vertrocknete Blütenstängel herauszupfen, die nutzen nichts.

Aus lauter Bequemlichkeit bringe ich die Pelargonien im Kübel ins Winterquartier – dabei muss man im Frühjahr ohnedies die Erde erneuern. Also kann man auch die auf zwei Drittel zurückgeschnittenen, vom Grün und von der Topferde befreiten, fast wurzelnackten Pflanzen in Plastiktüten überwintern, die locker um die Wurzeln geschlungen werden, nicht ganz luftdicht, aber so, dass nicht allzu viel Feuchtigkeit verdunsten kann. Dadurch muss man zwischendurch nicht gießen.

Gut tut den Pflanzen jedenfalls ein nicht allzu heller Standort, sonst treiben sie zu früh wieder aus. Und bei den Kübelpflanzen reicht es allemal, im Abstand von ein bis drei Wochen zu gießen. Faustregel: Solange die Erde nicht ausgetrocknet ist, kein Wasser zugeben.

Vor allem aber habe ich mich davon verabschiedet, auf Teufel komm raus alle Pelargonien über den Winter zu bringen. Zwei oder drei gehen bei mir oft ein, und ganz ehrlich, ich bin sogar froh, wenn ich im Mai dann auf dem Markt zwei, drei neue kaufen kann; so hat man ja auch die Chance, im Farbsortiment für fließende Wechsel zu sorgen.

(28.1.2012)

Rauchopfer Hortensien

Oh nein, das hab ich nicht gewollt! Und jetzt ist es doch passiert. Offenbar habe ich zu sehr darauf vertraut, dass eine Gartenkolumne von allen möglichen Menschen gelesen wird, aber doch nicht von Jugendlichen auf der altersgemäßen Suche nach Rausch-Erfahrungen! Seit wann interessieren sich Jugendliche für Gärten? Sind sie nicht heilfroh, dem Kindergarten entkommen zu sein?
Und doch, was Frau Feldmann darüber berichtet, was nach ihrer „Kraut und Rüben"-Lektüre geschah, deutet stark darauf hin. Lesen Sie selbst:

„Entspannend am Sonntagnachmittag mit Kaffee, fiel mir beim Blick in den frostigen Garten fast die Tasse aus der Hand. Wo waren meine schönen vertrockneten Hortensienblüten??? Jacke und Schal zu greifen war eins und hinaus zum Kontrollgang. Und was soll ich sagen – alle Bauernhortensien waren um fast die Hälfte ihrer Äste bis zum Boden abgeschnitten! Da ich bis zum Neuaustrieb mit dem Rückschnitt warte, konnte ich gut erkennen, was fehlte. Ich war mehr fassungslos-überrascht als entsetzt, wähnte ich mich doch bisher in einem sehr sicheren Örtchen, weit entfernt von einer Drogenszene. Aber so kann man sich täuschen ..."

Also, liebe Hortensien-Junkies, lasst Euch gesagt sein: Außer einen Kratzen im Hals und heftiger Übelkeit stellt sich beim Rauchen von Hortensienblättern nicht viel ein. Wer auch immer erzählt, man könne es als Hasch-Ersatz verwenden, hat entweder keine Ahnung oder will einen schönen Schabernack mit Euch treiben (und fragt jetzt bitte nicht, ob man Schabernack rauchen kann!). Egal, ob man nun die Triebe nimmt, die Blüten oder die Blätter: Hortensien enthalten Blausäure-Verbindungen, die alles andere als gesund sind, so dass es sich nicht einmal lohnt, beim Hortensienrauchen auf einen Placebo-Effekt zu hoffen, er wäre teuer erkauft. Die Zyanid-Verbindungen, die dabei entstehen, können Gedächtnisverlust auslösen. Das Beste wäre also, Ihr würdet die Sache mit den Hortensien einfach vergessen!

(4.2.1012)

Wolfsmilchbubi

Vielleicht heißen die Wolfsmilch-Gewächse auf Lateinisch ja Euphorbia, weil diese Stauden in der Lage sind, Euphorien auszulösen. Neinnein, nicht dann, wenn man sie raucht, man muss sie nicht einmal kauen, man muss nur – schauen. Mir kommt es immer so vor, als schieße meine Gold-Euphorbie von einem Tag auf den anderen aus dem Boden. Gestern noch keine Spur von der Pflanze, und hastdunichtgesehn ist sie da. Wenn man dann vor diesem kleinen Wunder der Natur steht, ist man sicher, dass es in der Nacht irgendwann vernehmlich „Plöpp" gemacht hat.

Die Wolfsmilchgewächse haben 1001 Erscheinungsform, manche sehen wie Kakteen aus. Der momentan im Sommerschlaf befindliche Weihnachtsstern zählt auch zu den Euphorbien. Die meisten kommen sehr gut mit magerem, sandigem Boden aus, Euphorbien bringen Grün in jeden Steingarten. Ich würde sie fast zu den Blattschmuck-Stauden zählen, auch wenn sie mitunter beeindruckende Blüten tragen. Sie scheinen die halbe Saison über ständig ihr Erscheinungsbild zu verändern, denn oft wirken auch die Blüten wie Blätter.

Man muss aufpassen mit der Wolfsmilch, die oft schon bei der kleinsten Berührung austritt und giftig ist – eine probate Erklärung für den Namen der Pflanze. Dieser Saft gerinnt sehr schnell, denn er soll für einen schnellen Wundverschluss sorgen, ähnlich wie unser Blut. Es gibt allerdings einen große Irrtum, der sich bis heute selbst in den besten Gartenbüchern hartnäckig hält: Die kreuzblättrige Wolfsmilch soll angeblich helfen, Maulwürfe und Wühlmäuse zu verscheuchen. Das könnte, wie der große Gartenkundler Jürgen Dahl herausgefunden hat, auf einem Übersetzungsfehler beruhen, weil diese Wolfsmilch im Englischen „mole plant" heißt; das „mole", das angeblich „Maulwurf" heißen soll, steht hier vielmehr für Muttermal, das angeblich mit der Wolfsmilch zu beseitigen sei. Maulwürfe und Wühlmäuse sollen jedenfalls mitunter schon laut Beifall geklatscht haben, wenn jemand Euphorbien in ihrem Revier gepflanzt hat.

(21.4.2012)

Weißröckchen im Mai

Bei Maiglöckchen gibt es eigentlich nur zwei Sorten Gärtner: Solche, die noch keine Maiglöckchen haben – und solche, die sich Gedanken darüber machen, wie sie der Maiglöckchenplage in ihrem Garten Herr werden.

Wussten Sie, dass Maiglöckchen zur Familie der Spargelgewächse gehören? Haltstopp! Nicht probieren! Maiglöckchen sind giftig! Das mit dem Spargel habe ich nur erwähnt, weil es andeutet, wie sich Maiglöckchen vermehren: über ihre Wurzeln, Rhizome, wie die Biologen sagen. Diese Rhizome sind recht dünn und reichen bis zu 50 Zentimeter tief in den Boden. Deshalb entpuppt sich das Rausreißen bei Maiglöckchen oft als das Gegenteil einer Beseitigung: Mit dem Entfernen der oberen Pflanzenteile schafft man nur Platz für neuen Nachwuchs. Dass sich aus den Blüten, die uns entzücken, wie das sonst nur Schneeglöckchen tun, rote Beeren entwickeln, ist beinahe nur Tarnung – die Samen müssen es kalt haben, um zu keimen, und sie halten nicht lange… Im Gegensatz zu den Blüten übrigens, die auch in der Vase eine ganze Weile halten.

Wer sich neue Maiglöckchen in den Garten setzt, sollte sie jedenfalls wie den Bambus mit einer Rhizomsperre umzingeln, die einen halben Meter in den Boden reicht und dicht ist. Ansonsten hilft nur Geduld: Es gibt Berichte von Gartenfreunden, die jahrelang immer wieder Wurzeln aus dem Boden ausgegraben haben, bevor sie zum Erfolg kamen. Auskoffern? Geht ja nur, wenn keine anderen Pflanzen auf der Fläche stehen. Und das ist schon deshalb selten der Fall, weil Maiglöckchen am besten im Schatten gedeihen und auch mit dem Wurzeldruck anderer Pflanzen wunderbar leben können.

(5.5.2012)

Das Pfingstrosen-Massaker

„Pap-aaaah!?!?", fragte unser Jüngster neben mir auf dem Beifahrersitz, „was ist eigentlich das Wichtigste für Dich?" Puuuh. „Unsere Familie." Schweigen. „Und, na ja, Freiheit und Menschlichkeit und Gerechtigkeit…" Lorenz setzte einen leicht karierten Blick auf, legte den Kopf schief – und fragte schräg von unten: „Nicht Blumen?"

Ich wäre fast in die Büsche gefahren. Habe dann aber nur einen kurzen Grundsatzvortrag gehalten, es kamen Menschen, Tiere und keine Sensationen drin vor, und am Ende war Lorenz überzeugt. Oder überredet.

Hoffentlich hat er nicht gesehen, wie entsetzt ich neulich auf unseren Vorgarten geguckt habe. Mir kamen fast die Tränen. Es waren nämlich die Maler da, nach 15 Jahren brauchte das Haus mal einen neuen Anstrich. Und ich weiß ja, dass die Stauden bei uns im Vorgarten etwas eng stehen, die freien Stellen taugen leider nur noch für Kinderfüße. Aber das Gärtlein sah aus, als hätte dort ein Familientreffen von Elefanten seinen schönen Ausklang mit einer lustigen Polka genommen.

Oje, der Lerchensporn unter Fußsohlen zerquetscht und der einzige Rittersporn, den die Schnecken übriggelassen haben, auf Halbmast geknickt. Dabei blühte er schon! Im Gegensatz zu den Pfingstrosen, die es gleich büschelweise erwischt hat. Die Pfirsichblättrigen Glockenblumen hätte ein Bügeleisen nicht platter hinbekommen. Wie zum Hohn ragten aus diesem botanischen Schlachtfeld ausgerechnet die nackten Stängel der Tulpen heraus, die ich ja nur noch einziehen lassen wollte. Und während ich zu ergründen versuchte, warum denn ausgerechnet die ollen Tulpen verschont geblieben waren, fiel mir die Frage von Lorenz wieder ein.

Ich war auf der Stelle getröstet.

(26.5.2012)

Gippse noch ne Schangse

Eine herzensgute Kollegin mit einer großen Vorliebe für seltsame Todesarten schwärmt immer von Oleander. Der sei so giftig, dass man mit Grillspießen aus Oleanderholz den perfekten Mord begehen könne.

Nun, bei mir ist erst einmal der Oleander ums Leben gekommen. Er hat den Winter nicht überlebt, wurde mehr und mehr zum Ollie, immer kahler. Die Blätter färbten sich eins nach dem anderen braun, segelten zu Boden.

Und ich weiß nicht, ob er wirklich am Frost gestorben ist oder nicht doch am Durst, wie fast alle Pflanzen, die erfroren aussehen. Aber wieso eigentlich Durst?, frage ich mich. In Italien und Frankreich stehen die Oleander doch auf dem Mittelstreifen der Autobahnen, die monatelang weder Wolken noch Regentropfen zu sehen bekommen. Bei uns aber saufen Oleander wie die Stiere, damit muss man sich wohl abfinden. Wir haben es hier vielleicht mit einer Form von Anpassung zu tun. Sie wird sonst nur den Menschen abverlangt, die aus ähnlichen Breiten kommen wie der Oleander.

Aber ich hatte Ihnen ja neulich von meiner unausrottbaren Angewohnheit erzählt, Pflanzen auch nach ihrem Ableben noch eine Chance zu geben, weil die Hoffnung nur halb so schnell verrottet wie ein Wurzelballen oder Blumenzwiebeln. Und siehe da, der Oleanderstrunk, den ich zu einem ausgebuddelten Bambus in eine große, wassergefüllte Gummiwanne gestellt habe, treibt wieder grüne Knospen aus. Der alte Giftzwerg lebte noch!

Der Bambus weiß das leider am besten. Er hat jetzt keine Blätter mehr.
Aber ich geb ihm noch eine Chance.

(16.6.2012)

Tschüss, alter Apfelveteran!

Wenn ich Ihnen verrate, dass es mit dem verdienstvollsten Apfelbaum-Veteranen in meinem Garten zur Neige geht, ist das so oder so ein schiefes Bild: Bei dem alten Winterrambour-Baum neigt sich die Krone bedenklich tief Richtung Erdboden. Und ich sehe tatenlos zu. Das war mal anders.

Der Winterrambour dürfte unwesentlich jünger sein als mein Uropa Fritz, der ihn noch gepflanzt hat. Der Baum überlebte den alten Fritz, und er überlebte sogar Kyrill im Jahr 2007. Und wie: Nachdem der Orkan übers Land gefegt war, lag der Baumstamm auf der Wiese. Abgerissen war aber nur ein einziger Wurzelstrang. Deshalb habe ich ihn mit der tatkräftigen Hilfe meines Vaters wieder aufgerichtet. Er konnte sich allein nicht mehr aufrecht halten, und so haben wir ihn fest verspannt, mit Zaundraht, links und rechts und vorn und hinten an den benachbarten Bäumen. So zog sich kreuz und quer etwas durch den Garten, das aussah wie ein Mix aus Straßenbahn-Oberleitungen und den Laufmustern von Fußballspielern auf dem Platz. Vor drei Jahren dann habe ich die Verspannungen entfernt, der Baum schien neue Wurzeln geschlagen zu haben. Schien.

Ich hatte mir geschworen, dass es die letzte Rettungsaktion für diesen Baum gewesen sein sollte. Jetzt holen wir die letzte Ernte ein. Friede seiner Rinde. Wir werden wehmütig an ihn zurückdenken, wenn seine Holzscheite in den Kamin wandern.

(22.9.2012)

Männertreu!

Es gibt botanische Angelegenheiten, mit denen man sich eigentlich nur in die Nesseln setzen kann. Ich sage nur: Männertreu. Sehen Sie?! Kein Mensch hätte die Stirn gerunzelt oder gegrinst, wenn ich „Blaue Lobelie“ gesagt hätte oder gar „Lobelia erinus“.

Ich weiß nicht, ob Sie vielleicht dieselben Erfahrungen mit Männertreu gemacht haben wie ich (mit der Pflanze, mit der Pflanze!). Bei uns hat es jedenfalls jetzt schon im zweiten Jahr geklappt, dass wir uns zwei Männertreu-Pflanzen im Kübel vor die Haustüre gestellt haben. Gut, daran gibt es jetzt nicht viel zu klappen. Aber ich spreche davon, dass die beiden Lobelien vom Mai an immer wieder neue, unzählige blaue Blüten hervorgebracht haben. Die reinste Dauerblüte! Und im letzten Jahr ging das sogar bis in den November hinein so weiter! Das Tollste daran ist: Außer regelmäßigen saftigen Gaben aus der Gießkanne brauchen die Lobelien nichts weiter als viel Sonne, und schon blühen sie am laufenden Meter. Die zweiwöchentlichen Gaben mit Phosphor-Dünger, die gelegentlich empfohlen werden, kann man sich ebenso sparen wie das Zurückschneiden im Juli, von dem man mitunter liest. Nein, Männertreu ist absolut pflegeleicht, beständig, strapazierfähig und zuverlässig.

Da fragt man sich nur noch, wie die Pflanze an ihren Namen gekommen ist. Vielleicht war's ja eine Gärtnerin und ihre Wunschvorstellung.

(29.9.2012)

Lavendel mit Seelenverwandtschaft

Manchmal denke ich doch, dass Pflanzen eine Seele haben. Oder wenigstens so etwas wie einen Willen. Gut, sie können nicht sprechen. Aber den Eindruck hat man ja von seinen Mitmenschen auch öfters, sogar von Gärtnern. Aber deshalb spricht man ihnen ja nicht gleich Wille und Seele ab. Warum sollte dann, sagenwirmal, der Lavendel so etwas nicht haben?

Es muss Mitte oder Ende September gewesen sein, als ich meine Lavendelsträucher geschnitten habe. Die sollten ja so zeitig vor dem ersten Frost gekürzt werden. Und bevor jetzt wieder jemand mit dem Schnittfieberverdacht kommt, unter den wir Gärtner gern gestellt werden, bloß weil wir noch häufiger zur Schere greifen als manche Friseure: DAS MUSS SEIN! Besonders beim Lavendel, weil der sonst nicht nur furchtbar verholzt und damit lauter alte, nackte graue Äste bekommt, nein: diese Äste haben auch noch die Neigung, dem Erdboden entgegenzuwachsen, weshalb alte Lavendelsträucher unweigerlich auseinanderbrechen und etwas von einer weithin geöffneten Auster haben. Und die Blütenrispen stehen dann so spillerig weit auseinander, dass sie mehr komisch als schön wirken.

Also, schweren Herzens schnipselt der Lavendelgärtner im Herbst mal hier, mal da, und ganz Ehrgeizige haben es vielleicht auf eine schmucke Kugelform abgesehen, wo doch nichts schöner ist als ein gleichmäßiger Lavendel-Teppich. Jedenfalls habe ich einen ziemlich betagten Lavendelstrauch damals mit der Schere verschont. Und zwar, weil da unter all den abgeblühten Rispen eine war, die noch einzelne Blütenkelche mit diesem herrlichen, unvergleichlichen Violett der Sorte „Hidecote Blue“ zeigte. Sie muss gehört haben, wie ich damals gemurmelt habe: „Solange die blüht, wär’s ja zu schade, zu schneiden …“

Der Lavendel blüht jetzt immer noch. Und irgendwie kann ich ihn gut verstehen. Er erinnert mich an den kleinen Jungen, der sich damals so standhaft weigerte, zum Friseur zu gehen. Ich bin kurz davor, den Lavendel mit meinem Vornamen anzureden.

(10.11.2012)

Garten-Bacon

„Der Garten", hat der englische Philosoph Sir Francis Bacon gesagt, „ist der größte Trost des Menschen." Bacon, der zwar nicht der Erfinder des gleichnamigen Schinkens war, aber immerhin der Begründer der Erfahrungswissenschaft, kann wohl kaum so einen Zeitlupenfrühling erlebt haben, wie wir ihn gerade mitmachen müssen. Sonst hätte er wohl darüber nachgedacht, wie es sein kann, dass unser größter Tröster mit einem Mal so etwas auslösen kann wie einen gärtnerischen Triebstau.

Gut, dass es wenigstens die lilaroten Blüten des echten Lungenkrauts gibt, das nach wie vor kreuz und quer durch unseren Garten wandert, ohne dass ich je begriffen hätte, warum es wann wo auftaucht. Aber noch nie waren die ersten Osterglockenblüten so lange geschlossen wie in diesem Jahr, noch nie haben die Krokusse und die Christrosen monatelang geblüht. Und noch nie habe ich das alles so intensiv beobachtet wie in diesem Jahr, weil man ja außer dem Beobachten nicht viel anstellen kann im Garten. Angesichts der Nachtfröste traut man sich kaum, irgendetwas in die kalte Erde draußen zu pflanzen, schon gar nicht die zarten Wesen, die drinnen in den Anzuchtkästen vor sich hin grünen. Ich habe sogar schon Fenchelpflanzen, die ja mehr als 20 Grad zum Keimen brauchen und auf der Fensterbank meines Bücherzimmers wachsen – und sie wachsen prächtig! Wenn das so weitergeht mit den Temperaturen draußen, wird auch die Fenchelernte drinnen stattfinden müssen …

Jetzt habe ich schon angefangen, den Spaten und anderes Gartengerät einzuölen. Das wird in Gartenbüchern immer empfohlen, damit sie nicht anfangen zu rosten. Aber dazu kamen sie bei mir gar nicht in den wenigen Wochen, in denen sie früher, als noch kein Klimawandel war, liegenbleiben mussten.

Und mit Nistkästen ist mein Garten jetzt derart zugepflastert, dass ich überlege, noch einen für Turmfalken zu basteln. Vor dem fortgesetzten Bastelwahn hat mich allerdings eine andere Weisheit gerettet, die man sich als Gärtner nicht oft genug in Erinnerung rufen kann: „Die Natur wird besiegt, indem man ihr gehorcht." Ist übrigens auch von Sir Francis.

(6.4.3013)

Jauche und Gülle

Wussten Sie, dass Jauche etwas anderes ist als Gülle? Es führt sogar ein bisschen in die Irre, wenn man als Gärtner zum Düngen Brennnesseljauche herstellt (klein geschnittene Nesseln im Eimer oder im Fass mit Regenwasser aufgießen, anderthalb bis drei Wochen täglich umrühren – und wenn sie nicht mehr schäumt und dunkel wird, ist die Jauche gar; man soll sie aber nur verdünnt – 1:10 bis 1:20 – an den Fuß der Pflanzen geben).

Eigentlich müsste man von Brennnesselgülle sprechen. Sie ist wie die Gülle von heute, die einfach alles enthält, was bei Kühen und Schweinen so hinten rauskommt, während die Jauche „klassischen" Zuschnitts nur das war, was nicht im Stroh, im Mist landete. Deshalb sieht man auch immer seltener Miststreuer, die Bauern streuen heute weniger Stroh. Deshalb riecht die Gülle von heute auch anders als die Jauche und der Mist von früher.

Wussten Sie, dass die Gülle, die uns da gelegentlich in die Nase sticht, in der Regel aus deutschen Beständen kommt, die Gülleproben untersuchen und dokumentieren müssen? Dass die Bauern nach der Gülleverordnung dokumentieren müssen, welche Mengen sie auf dem Feld ausgebracht haben? Dass das alles auch noch kontrolliert wird? Und dass Ratschläge der Landwirtschaftskammern zur Gülledüngung fast so ausführlich geschrieben sind wie die Beipackzettel von Medikamenten?

Ganz ehrlich: Ich hätte all das nicht gewusst – und hätte es wohl nie erfahren, wenn es mir nicht Frau Lamers aufgeschrieben hätte. Sie ist vom Fach und wäre neulich fast vom Glauben abgefallen, als sie bei ihrem „Kollegen" Bauer Dirksen Ätzendes über Gülle in Hülle und Fülle las. Jetzt sind wir alle ein bisschen mehr vom Fach. Und wüssten ohne Frau Lamers auch nicht, dass in den High-Tech-Ställen von heute manchmal sogar Handys – ups – in die Gülle plumpsen. Ob daraus dann auf dem Feld später neue nachwachsen, ist noch nicht geklärt. Wer weiß, warum Nokia damals seine Produktion von Bochum nach Rumänien verlegt hat …

(20.4.2013)

Schrubben gegen den Grauschleier

Sie kennen vielleicht diesen Satz von Albert Camus, wir müssten uns Sisyphos als einen glücklichen Menschen vorstellen. Ich denke jedes Frühjahr daran, seitdem wir Gartenmöbel aus Teak haben. Und jedes Jahr im Herbst denke ich: Aber nächstes Jahr lässt du sie einfach so, wie sie jetzt sind.

Tja. Ende April hab ich sie grau, wie sie waren, auf Terrasse und Rasenwiese verteilt. Da standen sie – und es juckte mich doch. Fünf Minuten später hatte ich das Werkzeug beisammen, stand doch wieder da und schliff und schrubbte und wienerte und ölte. Die Tische, die Liegen, die Stühle.

Seltsamerweise sind es vor allem Männer, die ihre Gartenmöbel gern vom Grauschleier befreien. Vielleicht wegen Schneewittchens Ebenholzhaaren. Oder wegen Sisyphos. Doch der arme Kerl sah den Stein ja immer wieder runterkullern, kaum dass er ihn den Berg raufgerollt hatte. Das ist bei den Gartenmöbeln anders – da hat man einen Sommer was von der Plackerei. Und sagt sich dann im Herbst wieder: Okay, nächstes Jahr lasse ich sie grau werden! Man darf dem Holz sein Alter doch ruhig ansehen! So ein Tisch ist schließlich aus anderem Holz geschnitzt als mancher Kanzler.

In diesem Jahr habe ich zum ersten Mal mit Schleifpapier gearbeitet. Aber auch das erspart einem nicht die Schmierseife, die Reiswurzelbürste und – immer noch am besten – die alten Topfschwämme samt Muskeleinsatz. Selbst das teure Spezialmittel, das ein exklusiver Gartenmöbelhersteller aus Hamburg verkauft, erweist sich bei der ersten Riechprobe prompt als schnöde Schmierseife. Die Reiswurzelbürste ist für den groben Dreck, aber bei der Endreinigung geht nichts über diese Topfschwämme mit der filzig harten Unterseite, mit der man sonst die verbliebenen Röstaromen vom Topfboden wegschrubbt.

Aber vielleicht muss man doch kein Sisyphos sein, um ein glücklicher Mensch zu werden. Nächstes Jahr. Bestimmt.

(11.5.2013)

Giersch? Einfach aufessen!

Ja, nach dem Vorschlag von letzter Woche, den Giersch doch einfach in Form von Bowle wegzutrinken, meldete sich dann noch der gute Herr Brosch. Er erinnerte sich, dass er vor drei, vier Jahrzehnten von seiner Cousine oft einen leckeren Salat bekam, bei dem er sich irgendwann traute mal nachzufragen, was denn das für ein leckeres Kraut sei. Es war – Giersch! Ein würziger Salat sei das gewesen, sagte er noch, „da musste natürlich noch eine leckere Soße dran." Es seien fast handtellergroße, hellgrüne Blätter gewesen. Und man müsse den jungen Giersch nehmen, wenn die Blätter dunkler werden, schmecke er bitter. „Und man muss sagen: Gut, dass es den Giersch gibt", schmunzelte Herr Brosch, „ich bin nämlich 79."
Aber was ich noch nie gehört hatte: Es gab im Garten der Tante sogar ein eigenes Beet für den Giersch, selbstverständlich im Boden einen halben Meter tief mit einer Wachstumssperre versehen.

Ein Gierschbeet! Das ist ungefähr so, als würde man im Krieg seinen Feind umarmen. Naja, vielleicht doch ein Weg, seinen Frieden zu machen. Man hat zwar nicht gewonnen, aber doch seine Ruhe. Jedenfalls werde ich es mal mit einer Wurzelsperre rund um das Gierschanbaugebiet in meinem Garten versuchen.

Ähnliches gilt übrigens für das Schöllkraut, über das ich mich ja ursprünglich mit Ihnen unterhalten wollte. Ausgerechnet in einem meiner englischen Gartenbücher (das sind immer noch die besten) fand ich in dem Kapitel, das geeignete Pflanzen für schattige Standorte vorschlägt, die Mahonie, die Zierquitte, das Hasenglöckchen, Farne und dann in der Rubrik Stauden die Herbstanemone, Primeln, Roten Fingerhut, das Salomonssiegel, das Tränende Herz (das allerdings mit Sonne ebenfalls bestens klarkommt) und nicht nur das Wiesenschaumkraut, sondern auch – Schöllkraut! Wer wollte da noch behaupten, das sei ein Unkraut?!

(15.6.2013)

Brumsack und Krakowski

Jedes Jahr werden Millionen Tonnen von Lebensmitteln aussortiert, gut ein Fünftel all dessen, was geerntet wird. Und das nicht etwa, weil dieses Obst und Gemüse schlecht wäre, sondern weil es, nunja, sagen wir: ein wenig speziell aussieht. Kartoffeln mit Beulen, als hätte man sie verprügelt – kann man wohl nicht gut verkaufen, seit die Kartoffeln erstaunlicherweise alle Gardemaß haben. Möhren mit zwei Enden, die aussehen wie Arnold Schwarzenegger beim Kopfstand – will wohl auch kein Mensch auf dem Teller haben. Das ist wie mit den Äpfeln im Supermarkt, die zwar vollkommen geschmacksbereinigt sein dürfen, aber auf keinen Fall Flecken auf der Schale haben.

Ganz im Vertrauen und wenn Sie's nicht weitersagen: Eine Zeit lang habe ich genau solches Gemüse regelrecht gesammelt. Mein allerbestes Prachtexemplar war eine Nasentomate. Wirklich, sie hatte so eine spitze Ausbuchtung an einer Stelle, dass sie ein wenig so aussah, als müsste man sie nur auf eine Marionette stecken – und fertig wäre der Pinocchio. Obst ist ja auch manchmal ganz lustig, herzförmige Himbeeren sind ja an der Tagesordnung, aber ich hatte auch schon mal Erdbeeren und Kartoffeln, die sahen original aus wie ein in die Höhe gereckter Hintern. Bei denen wäre ich mir aber gar nicht so sicher, ob sie sich nicht doch ganz gut verkaufen würden.

Jedenfalls gibt es in Berlin eine Bewegung, die von zwei Designerinnen namens Brumsack und Krakowski (kein Scherz!) ausgeht und sich vorgenommen hat, die Menschen dazu zu bringen, in den „Culinary Misfits“, also in den kulinarischen Sonderlingen eher so etwas wie eine köstliche Spezialität zu sehen. Motto: „Esst die ganze Ernte!“

Die beiden Damen haben ein Restaurant gegründet, in dem nur aussortierte Gemüsepflanzen serviert werden. Klar, diese „Misfits“ bedeuten einen Haufen Arbeit in der Küche, den man sonst nicht hätte. Aber alles, was mehr Mühe macht als üblich, gewinnt man ja um so lieber, mit der Zeit.

(6.7.2013)

Die Forken von Oma Lisbeth

Oma Lisbeth, vielleicht habe ich sie hier schon mal erwähnt, ist diejenige, die vorher in meinem Garten, nunja, sie hätte gesagt: gefuhrwerkt hat. Oma Lisbeth war der liebste Mensch der Welt. Sie hätte keiner Fliege was zuleide tun können, wenn sie nicht auf einem Bauernhof gelebt hätte. So aber hatte sie eine Fliegenklatsche, der man die Benutzung deutlich ansah. Außerdem hingen in der Küche immer diese braunen Luftschlangen-Klebestreifen von der Decke, die nicht ansehnlicher wurden dadurch, dass sich im Laufe der Zeit ein Friedhof der Fliegen darauf bildete. Heute denke ich, das könnte dabei so gewesen sein wie bei meinen Bierfallen für Schnecken: Sie werden die Plagegeister von weit her und aus dem ganzen Dorf angelockt haben, die sonst alle gar nicht gekommen wären.

Oma Lisbeth konnte aber auch schimpfen. Zumindest über Unkraut: „Und wenn nix wächst, aber der Dreck wächst!“ Deshalb habe ich immer das Gefühl, sie guckt mir aus dem Himmel voller Verständnis zu, wenn ich jäte und nicht mehr weiß, wohin mit den Seufzern. Aber: Seit dieser Woche fällt mir die Arbeit ein bisschen leichter. Dank Oma. Lisbeth hat nämlich nie was weggeschmissen, von dem sie dachte, man könne es noch gebrauchen. Sowas ist genetisch bedingt. Ich habe diesen Wegwerf-Defekt auch und deshalb noch die Teile des Bestecks, das schon meine Oma aussortiert hat. Die Gabeln, die bei den Bauern ob ihrer Größe genauso „Forke“ genannt wurden wie die Mistgabeln, tun mir jetzt gute Dienste. Beim Jäten nämlich, wenn der Boden so ausgetrocknet ist wie in der letzten Woche. Wer dann das Unkraut auszupfen will, muss oft feststellen, dass die trockene Erde dessen Wurzeln im eisernen Klammergriff hat, festhält und wieder von neuem austreiben lässt, sobald der nächste Regen fällt. Aber wenn man vorher mit der Gabel in den dürren Boden fährt und ein bisschen hin und her ruckt, lassen sich Kraut und Wurzel kinderleicht auszupfen.

Und, liebe Oma, falls Du mitliest: Ich nehme wirklich nur die ollen Gabeln!

(27.7.2013)

Rosengift

Eine Rose ist eine Rose ist eine Rose, ist nicht nur der bekannteste, sondern auch der am häufigsten missverstandene Satz der Dichterin Gertrude Stein – denn ursprünglich meinte sie damit eine Frau namens Rose. Und wir Gärtner würden den Satz ja unweigerlich um einen Dorn ergänzen, denn eine Rose ohne Dorn ist eben keine Rose.

Nun gut, es gibt tatsächlich Brombeerranken ohne Dornen, die sogar unglaublich dicke und schmackhafte Früchte tragen – auch wenn ich zugeben muss, dass ich da früher sehr, sehr misstrauisch war. Keine Dornen, aber genauso viel Geschmack, das hätte ich nicht gedacht, wahrscheinlich eine Form von gärtnerischem Aberglauben.

Aber eine Rose ohne Dornen?

Man denkt allerdings wieder ein bisschen anders darüber, wenn man hört, dass sich im Badischen jüngst ein Mann beim Rosenschneiden am Dorn verletzt hatte, eine lebensgefährliche Infektion davontrug und verstarb. Bekannt wurde der Fall, als seine Frau von der Unfallversicherung ihres Mannes verlangte, dass sie 15 000 Euro zahlen solle. Die Versicherung weigerte sich, weil sie auf dem Standpunkt beharrte, dass es sich bei der Verletzung um eine geringfügige Hautverletzung gehandelt habe, die nicht versichert sei.

Es kam zum Prozess – und das Oberlandesgericht Karlsruhe verurteilte die Versicherung, zu zahlen. Denn in diesem Fall liege ein Unfall vor, befanden die Richter. Ein Stich mit einem Rosendorn sei ein Zusammenstoß mit einer Sache, der von Unfallversicherungen gedeckt sei. Der Unfallbegriff wäre nicht erfüllt, wenn die Kollision gewollt gewesen und dabei lediglich eine ungewollte Gesundheitsbeschädigung eingetreten sei. Doch hier habe sich sich der Versicherte unstreitig unbeabsichtigt an einem Rosendorn infiziert. Das allerdings hätten die Richter auch ohne umständliche Gerichtsverhandlung in Erfahrung bringen können – sie hätten nur Gärtner fragen müssen.

(14.9.2013)

Von Stacheln und Dornen

Oha, wahrscheinlich heißt das Märchen in Wahrheit doch Stachelröschen, dachte ich. Jedenfalls hatte ich mich mit meinem Staunen darüber, dass die Unfallversicherung zahlen muss, wenn man sich an einer Rose piekst und mit einer tödlichen Krankheit infiziert, bei einigen Lesern gewaltig in die Nesseln gesetzt. Ich musste mir mehrfach vorhalten lassen, dass eine Rose gar keine Dornen hat! Dass also das geflügelte Wort gar nicht stimmt, wonach es keine Rose ohne Dornen gibt. Es gibt im Gegenteil nur Rosen ohne Dornen! Und warum? Weil eine Rose Stacheln hat und keine Dornen, ob ich das denn nicht wüsste?

Nein, wusste ich nicht. Also habe ich mich bei Fachleuten schlau gemacht und weiß jetzt, dass eine Pflanze Stacheln im Gegensatz zu Dornen leicht abstreifen kann. Also ist das, was am Rosenstiel piekst, ein Stachel, genau wie bei der Brombeere oder der Himbeere. An der Herausbildung von Stacheln ist vor allem die Außenhaut einer Pflanze beteiligt. So haben Kakteen keine Stacheln, sondern Dornen.

Dornen hat dagegen der Weißdorn, hat die Berberitze (an den Blättern) oder die Robinie, bei der es sich um verholzte Blätter handelt. Nicht veredelte Pflaumen haben auch solche Dinger. Denn Dornen sind verhärtete, spitze Blätter oder Sprossen, also eher so etwas wie Stängel und Zweige. Sie kommen quasi aus dem Holz der Pflanzen, während Stacheln aus der Rinde kommen.

Ist doch interessant. Und lehrreich zugleich, hätte der gute alte Hanns Dieter Hüsch gesagt. Aber mehr als interessant ist es wirklich nicht. Jedenfalls nicht für einen, der froh ist, wenn er beim Rosenschneiden oder beim Brombeerpflücken keine Kratzer davonträgt – völlig unabhängig davon, ob es nun Stacheln oder Dornen sind, die in ungeschoren davonkommen lassen. Und wissen sie was? Sogar die Stachelbeeren haben Dornen! Aber bevor sie jetzt das Stachelröschen eine Handvoll Dornenbeeren essen lassen: Stachelbeeren haben nicht nur Dornen, sondern auch – Stacheln!

(21.9.2013)

Toppi-Ärger und Kaninchen-Freude

Unsere „Toppis“ haben mich dieses Jahr schwer geärgert. Normalerweise haben Topinambur-Pflanzen ja nur Vorteile: Die Knollen mit dem leicht nussigen Geschmack, die ein wenig wie Ingwer aussehen, kann man zu Salat verarbeiten oder – sehr kurz – auch als Gemüse kochen. Und dann blühen die Pflanzen auf ihren bis zu zwei Meter hohen Stängeln auch noch schön, wie Sonnenblumen für Zwerge: Die Blüten haben die Form von Sonnenhut, aber eben mit gelben Blättern und einem dunkelbraunen Knopf¬auge in der Mitte. Die Kaninchen meiner Tochter mögen übrigens alles an der Topinambur, sie knabbern die Knollen, sie verschlingen die Blätter – und sie raspeln sogar die Stiele ab.

Die meisten Blätter der Topinambur-Pflanzen gehen jetzt allmählich in einen Pergament-Zustand über. Was ich aber nicht wusste: Sie sind Mehltau-Zuchtstationen erster Güte! Dabei hatte ich unseren Wein schon im Winter rabiat zurückgeschnitten und im Frühjahr erstmals mit einem Spritzmittel behandelt, um gegen den verflixten Mehltau vorzubeugen. Im vergangenen Jahr gab es nämlich eine Riesen-Enttäuschung, als wir aus dem Urlaub heimkamen und uns, wie jedes Jahr, auf die Trauben-Ernte gefreut haben wie Bolle. Da war nix mit Trauben: Der Mehltau hatte sie innerhalb von zwei Wochen zu grauen Rosinen verschrumpeln lassen. Dabei habe ich selbstverständlich mehltau-resistente Sorten gepflanzt, die „Phoenix“ als weiße und die „Muskat bleu“, naja, wie der Name schon sagt.

Und doch: in diesem Jahr gab's an jeder Ranke höchstens drei Trauben mit Beeren – und im August erblassten plötzlich die Topinambur-Blätter, woraufhin auch die Weinreben allmählich wieder einen Grauschleier bekamen. Die meisten Trauben waren schon so weit, dass ihnen der Mehltau nichts mehr anhaben kann. Aber ich weiß jetzt schon, dass ich noch in diesem Herbst unbedingt alle Topinambur-Knollen unterm Wein ausbuddeln muss. Immerhin wird's die Kaninchen freuen.

(12.10.2013)

Horst

Für einen Moment hatte ich Sorge, das Eichhörnchen könnte die Tollwut haben. Es benahm sich vollkommen verrückt. Ich hatte es im Hühnergehege entdeckt – und große Sorge, dass es gerade dabei war, die Nester zu plündern. Also ging ich auf das feuerrote Tierchen zu, um es zu verscheuchen. Aber was macht das freche Biest? Es rennt auf mich zu, klettert an meinem Hosenbein rauf und wieder runter, geht zwei Meter auf Distanz – und nimmt wieder Anlauf zu einer neuen Hosenbeinerklimmung. Immerhin hat es nicht zugebissen.

Prompt erinnerte ich mich an die Marderfalle, die ich einst besorgt hatte, um unsere Hühner vor einer anderen Sorte Eierdiebe zu bewahren. Eine Lebendfalle, versteht sich (sonst wäre mir meine Tochter an die Gurgel gegangen), ein langgestreckter Drahtkäfig mit einer Wippe innendrin: Auf die Wippe legt man ein saftiges Kotelett oder was so ein Marder sonst noch gerne frisst. Und sobald der Marder die Wippe betritt, geht – rumms! – an der einzigen Öffnung des Drahtkäfigs die Klappe runter.

Statt des Koteletts, fand ich, könnte es bei Eichhörnchen auch eine frische Walnuss tun. Und stellte die Falle am Hühnergehege auf. Als ich vier Stunden später nachsah, hüpfte der rote Teufel doch glatt wieder bei den Hühnern herum. Da hab ich ihn erschreckt, und er ist voller Panik in den Käfig gelaufen – rumms!

Meine Tochter gab die Nachricht vom Eichhörnchen in der Marderfalle gleich an ihre Freundin von nebenan weiter. Und die rief prompt „Das könnte Horst sein!" ins Telefon. Und: „Hat er keine Haare an den Ohren?"

Um es kurz zu machen: Es war Horst. Horst war im Sommer als Baby aus dem Eichhörnchennest gefallen und auf einem Bauernhof mühevoll aufgepäppelt worden. Er wuchs bei den Hühnern auf. Und bei unseren suchte er gar keine Eier, sondern vertraute Gesellschaft. Horst war tatsächlich von zu Hause ausgebüxt. Um ein Haar hätte ich ihn im wilden Wald ausgesetzt! Es war ihm wirklich nicht anzusehen, dass es sich um ein wohlerzogenes, mit viel Liebe aufgewachsenes Haustier handelte.

(19.10.2013)

Horst II

Horst, als unser Gartendauergast inzwischen das bekannteste Eichhörnchen nördlich der Alpen, tat mit Anbruch seiner Pubertät das, was man in diesem Alter am liebsten tut: Er verschmähte die Hand, die ihn nährte. Horst ließ unsere herzensgute, tierliebe Nachbarin, die ihn voller Hingabe vom Baby bis zum Halbstarken hochgepäppelt hat, im Stadium der völligen Eichhörnchenlosigkeit zurück. Und warum? Sind die Baumrinden in anderen Gärten griffiger? Die Nüsse runder? Die Hühner unterhaltsamer? Weiß der Kuckuck!

Horstchen klein ging also allein – nicht ganz in die weite Welt, aber doch in nachbarliche Gärten hinein. Mittlerweile ist mir dank Horsts fortschreitendem Ruhm zu Ohren gekommen, dass er nicht nur an meinen Hosenbeinen rauf- und runtergerannt ist, sondern auch bei anderen Nachbarn Spuren seines ausgeprägten Mangels an Menschenscheu hinterlassen hat. Es soll zu zerbissenen Kleidungsstücken und manchem Kratzer gekommen sein. Dabei tut Horst ja eigentlich gar nix, er will nur spielen, ein Dertutnix mit Pinselohren. Andere in seinem Alter randalieren in Fußballstadien, klauen Omas die Handtasche oder fallen beim Komasaufen um. Dagegen ist Horst doch harmlos.

Wenn er über die Stränge schlägt, muss das am Alter liegen. Denn seine Erziehung war tadellos, für seine Pflegemutter lege ich alle Hände ins Feuer, die ich habe. Schon am ersten Tag, als Horst pfeilschnell auf unserer Terrasse hin und her flitzte und wie ein Flummi in die Höhe ging, war uns allerdings klar, dass er in Kindertagen alle „Ice Age“-Filme zu sehen bekommen hat. Er bewegt sich nämlich mit seinem ruckenden Herumwieseln, dem Männchenmachen und ausgiebigem Nussschalenschnüffeln haargenau wie dieser Scrat, der in „Ice Age“ immer hinter der Eichel herhetzt, um mit ihr sämtliche Abgründe und -hänge der Welt hinunterzupurzeln. Wir haben uns ja in Horsts Alter auch den Gang von John Wayne abgeguckt, um die Welt zu beeindrucken.

(14.12.2013)

Der letzte Cox Orange

Ja, eigentlich sollte ich staunen über unsere weißen Geranien vor der Haustüre. Über die gelben Rosen im Vorgarten, und am meisten über die himmelmeerblauen Lobelien auf der Fensterbank (draußen!), die immer mehr rätseln lassen darüber, dass sie im Deutschen „Männertreu" heißen. Oder darüber, dass mein Zitronenbäumchen bis auf den heutigen Tag tatsächlich im Hof überwintern konnte. Aber am meisten hat mich in den letzten Tagen der letzte Cox-Orange-Apfel beschäftigt, der noch am Baum hing. Ich hatte ihn als Futter für notleidende Meisen, Spatzen und das eine Rotkehlchen gedacht, das seltsamerweise immer nur im Winter zu sehen ist. Woher weiß das Rotkehlchen eigentlich, dass jetzt Winter ist? An den Temperaturen kann's ja nicht liegen. Aber wahrscheinlich ist es so wie bei den Hühnern: Die wissen ja auch nicht, wie spät es ist – und gehen trotzdem immer ins Bett, wenn es Zeit ist. Meine Kinder lachen immer, wenn ich sage „Ich bringe jetzt die Hühner ins Bett", weil sie wissen, dass ich ja nur die Stalltüre schließe, damit der Marder draußen bleibt.

Die Meisen wiederum hatten mir angesichts meiner fliegenden Armenspeisung ebenfalls den Vogel gezeigt. Da habe ich selbst in den Apfel gebissen, der gar nicht sauer war – aber auch nicht süß, mehr so eine geschmackliche Nullnummer. Riechen die Meisen das? So ganz ohne Nasen? Ich bin jedenfalls traurig, dass wir neulich unseren letzten Ontario-Apfel verbraten haben. Das ist eine alte Sorte, aber in meinem Garten ist sie brandneu, ich habe in diesem Herbst zum ersten Mal Exemplare davon geerntet und bin hellauf begeistert. Die (in der Regel übrigens mächtig dicken) Äpfel müssen ein wenig liegen, bevor sie so richtig gut schmecken. Dafür bewahren sie sich sehr lange diese gewisse Säure, die sich immer dann superlecker ausnimmt, wenn man Äpfel für den Pfann- oder sonstigen -kuchen braucht. Da kann der Ontario übrigens durchaus mit dem Boskoop konkurrieren, der ja sonst der Backapfel der ersten Wahl ist.

(11.1.2014)

Horst III

Das hätte ich auch nicht gedacht: dass mich ein sprunghaft durch die Welt irrendes Eichhörnchen wieder an die Wirksamkeit der Presse glauben lässt! Sie ahnen schon, es muss noch einmal von Horst die Rede sein, dem berühmtesten Eichhörnchen westlich von Sibirien. Auf der Straße werde ich laufend mit neuen Berichten darüber versorgt, was Horst nun wieder treibt. Einmal, hörte ich, soll er knapp einer tödlichen Dachlatte entkommen sein, weil eine unserer Leserinnen beherzt „Aber das ist doch Horst!" dazwischenrief – ihr Mann dachte wohl wie ich beim ersten Zusammentreffen mit Horst: Ein Eichhörnchen, das Menschen an die Jacke geht? Tollwut!

Allerdings sind die Informanten so, wie wir Journalisten sie oft kennenlernen: „Horst mag überhaupt keine Erdnüsse", sagt der eine und die andere erzählt entzückt: „Also über die Erdnüsse, da fällt er regelrecht her, die vernascht er ruckzuck!" Ich würde das gern gründlich recherchieren – aber Horst lässt sich einfach nicht mehr bei uns blicken. Die Tonnen von Wal- und Haselnüssen, Sonnenblumenkernen und Maiskörnern, die auf unserer Terrasse für Horst bereitstanden, haben sich die Meisen geschnappt, die von den Nachbarn inzwischen für Tauben gehalten werden.

Als Garten-Promi aus der Zeitung findet Horst jetzt wahrscheinlich in jedem Garten ein reichhaltiges Buffet vor, wer möchte nicht mal einen Star zu Gast haben und verwöhnen? Promi-Dinner im Grünen. Horst ist auch schon beim Herumtollen mit anderen Eichhörnchen gesichtet worden. Als ich das erfuhr, habe ich erstmal die Erkenntnisse der Wissenschaft über Eichhörnchen konsultiert. Und nicht nur erfahren, dass sie 22 Zähne haben, die Pinselhaare an den Ohren fünf Zentimeter lang werden können und ihr Revier weit über 100.000 Quadratmeter groß ist. Und – ha! – sie sind Einzelgänger. Meistens. Außer in der Paarungszeit. Und die beginnt – im Februar …

Also: Tschüs, Horst! Und nimm Dich vor den Katzen in Acht!

(15.2.2014)

Der alte Fritz und der Frost

Ouououou, hätte mein Uropa jetzt unweigerlich gesagt und dazu mit der Hand im Halbkreis hin und her gewedelt: „Der Winter is noch nich am End'!" Der alte Fritz, der seinen Bauernhof eigentlich nur einmal im Leben verlassen hat, um sich dann mit den kaiserlichen Ulanen in Frankreich einen Schrapnellsplitter einzufangen, hatte Ahnung von beidem: Wetter und Klima. Als Wetterbarometer diente ihm das französische Qualitätsprodukt in seinem Knie (und wer weiß, vielleicht stammte es ja sogar aus Essen – Krupp hat ja auf allen Seiten verdient). Und beim Klima kannte er sich mit jedem seiner am Ende immerhin 99 Lebensjahre besser aus. Und deshalb unkte er jedes Jahr im späten Februar: „Da kann noch ganz schön Frost kommen!"

Und auch jetzt, da an manchen Stellen bei uns schon die Dürkheimer Krachmandeln blühen, die Schneeglöckchen seit Wochen im Wind schaukeln und einige Krokusse schon wieder schlappmachen, hätte Opa Fritz vor allzu großem gärtnerischem Leichtsinn gewarnt. Für vorgezogene Salatköpfe unter freiem Himmel ist es jetzt wirklich noch zu früh – da bleibt das Frühbeet die sicherere Bank.

Überhaupt habe ich das Gefühl, die meisten Pflanzen halten noch die Luft an. Okay, beim Holunder sind erste Blätter zu sehen, bei den Hortensien zarte Triebe. Aber die Pfirsichblüten, die ja sonst zu den ersten im Jahr gehören, stehen seit Wochen schon in den Startlöchern – und bleiben geduldig da. Die Zierquitte, die sonst um diese Zeit sogar schon mal mit ersten rosa Blüten draußen ist, hält sich auch noch zurück. Biologen würden uns das wahrscheinlich damit erklären, dass sich die Natur ja beileibe nicht nur nach den Temperaturen richtet, sondern auch nach der Tageshelligkeit.

So oder so bin ich heilfroh, dass das immerhin empfindliche Echte Lungenkraut schon blüht. Offenbar hat es seine Verpflanzung im Herbst nicht übel genommen. Und wenn jetzt doch der Winter noch kommt? Ouououou!

(22.2.2014)

Rostfreie Verbenen

Eisenkrrrrraut – klingt furchterregend, oder? Nach Spezialgemüse für Eisenfresser, motivationsfördernder Rauchware für Hochofenmalocher oder nach: „Anno 70/71 hat Oppa im Felde wochenlang davon gelebt“. Vielleicht bewirken derlei Assoziationen, dass man unter Gärtnern lieber von Verbenen spricht. Da weht ein Hauch von Italien herüber.

Aber hätten Sie gedacht, dass die Verbene 2011 zur Balkonpflanze des Jahres in Rheinland-Pfalz gewählt wurde? Und reden Sie sich nicht darauf hinaus, Sie hätten gar nicht geahnt, dass Rheinland-Pfalz eine Balkonpflanze des Jahres wählt! Jedenfalls sind uns im letzten Sommer zwei Verbenen zugelaufen, nachdem ich jahrelang von dieser Staude so viel wusste wie von der Balkonpflanze des Jahres in Rheinland-Pfalz. Bei den Verbenen habe ich fast täglich gestaunt, wie unermüdlich sich die lila Blütendolden auf den bis zu 1,30 Meter langen Vierkant-Stängeln hielten (verbena bonariensis, vermute ich als Verbenen-Frischling, auch Patagonisches Eisenkraut genannt).

Die Pflanzen wirkten völlig unbeeindruckt von Regen, Sonne und – nee, Schnee gab's ja nicht. Und das ist wohl der Grund, warum sich eine der beiden Verbenen geradezu immergrün durch den Winter geschaukelt hat. Das Schaukeln der Dolden ist ja fast noch markanter als der würzige Duft der Verbenen. Apropos: Die Zitronenverbene, die leider nicht sonderlich winterhart ist, duftet ganz namensgemäß aus ihren Blättern. Sowohl frisch als auch getrocknet ergibt sie einen schönen Tee; ähnlich wie das Echte Eisenkraut, das schon in der Antike als Heilkraut (Rheuma, Erkältungen) eingesetzt wurde, hat auch das zitronige sehr unscheinbare, spillerig kleine Blüten. Man muss sich also auch als Verbenenzüchter zwischen Optik und Nutzen entscheiden, ein vertrautes Dilemma.

Was im Eisenkraut übrigens überhaupt nicht enthalten ist, ist – Eisen. Hat die Wissenschaft festgestellt. Wieder ein Mythos weniger. Eisenkraut, der Spinat unter den Stauden.

(15.3.2014)

Von Gartentoren bei Heckengesprächen

Dass ich mit meinem Gartentor schwer zu kämpfen hatte, wissen Sie ja bereits (jetzt hängt es an einem ehemaligen Wäscheleinenpfahl meiner Oma selig, der ist aus Betonkies gegossen und mit Stahlstreben verstärkt, Qualitätsarbeit von gestern eben). Aber die armen Gärtner in England sind noch viel ärmer dran. Dort hat es, ganz im Gegensatz zu unseren Breiten, einen der nassesten Winter seit Richard Löwenherz gegeben. Danach stürmte es so sehr und sogar in Cornwall, dass Rosamunde Pilcher auch noch der letzte Hauch von Romantik verflogen wäre – wenn sie nicht ohnehin schon in Schottland wohnen würde.

Und jetzt ist bei den Briten auch noch die große Gartenzaunkrise ausgebrochen. Sturm und Regen haben den traditionellen britischen Holz-Zäunen nämlich arg zugesetzt. Der Wind legte sie um, die Nässe ließ sie faulen – und jetzt, wo zwischendurch mal die Sonne scheint, wollen offenbar John und allemann zum Reparieren schreiten. Massenhaft stürmten sie in die Baumärkte, auf der Suche nach Zaun-Holz. Innerhalb weniger Wochen stieg die Nachfrage auf das Sechsfache. Die Preise, vor allem für die beliebten Holzpaneele, aus denen man in Großbritannien gerne Sichtschutzzäune zimmert, gingen durch die Decke. Die Hersteller arbeiten auf Hochtouren, aber auch das verhindert nicht, dass Zaun-Holz zum Teil jetzt schon auf dem Schwarzmarkt gehandelt wird.

Am Ende, unkten manche Briten schon, kommt es noch dazu, dass sich Nachbarn, die seit Jahrzehnten keine Notiz voneinander genommen haben, plötzlich Auge in Auge in ihrem Paradies gegenüberstehen. Und womöglich sogar ein paar Worte miteinander wechseln. Ich hätte da natürlich einen guten Tipp für die Engländer: Einfach die Zäune durch Hecken ersetzen, die sind nicht nur erheblich widerstandsfähiger gegen Wind und Regen, nein: Man kann sogar ihre Höhe nach Belieben variieren. Sie wachsen lassen – oder ganz kurz scheren. Für den Fall, dass mal wieder Gesprächsbedarf herrschen sollte.

(12.4.2014)

Zeitlupenkompost

Mit einem Schnellkomposter kann ich mich nicht anfreunden. Wir machen doch in Zeiten wie diesen zu oft die Erfahrung, dass alles, was mit Vornamen „Turbo“ heißt, die Menschen nur strubbelig im Kopf macht, atemlos und unfrei. Es kann ja keiner mehr genießen, schneller ans Ziel gekommen zu sein als ohne Turbo, weil man dann viel zu erschöpft ist, um das Angekommensein noch genießen zu können. Und weil dann immer schon der nächste Turbo bedient sein will.

Soll doch mein Kompost in Ruhe vor sich hin rotten. Die Würmer tun, was sie können – wer wäre ich denn, dass ich sie in den nicht vorhandenen Hintern träte! Das hat aber zur Folge, dass gleich vier von diesen Haufen ein Bild abgeben, das nicht gerade so schön wirkt wie die schönen Gärten in der schönen „Landlust“-Zeitschrift. Die Anmutung ist doch etwas rustikaler – und unsere Jungs nehmen es mir übel, dass einer der Haufen etwa dicht an ihrem Basketball-Korb platziert ist. Auch wenn ich sie darauf hinweise, dass sie sich nicht so anstellen sollen und die armen Würmer schließlich auch unter jedem Korbleger zu leiden hätten.

Die einzigen, die sich wirklich über die Komposthaufen freuen, sind – die Hühner: Das gibt einen Mordslärm, wenn sie einmal dort anfangen zu scharren und die Kompost-Fetzen nur so gegen die Bretter fliegen, aus denen der Haufen zusammengesteckt ist.

Und das einzig Schöne am Kompost bleibt das Roulette mit der ausgesiebten Erde. Es verrät nämlich, was man im letzten Jahr so alles nicht gegessen hat. Ich nehme Komposterde gern zum Anziehen von Jungpflanzen, und wenn ich die Zeichen dieses Frühlings richtig deute, haben wir im letzten Jahr besonders viele Tomaten an die Kompostwürmer verfüttert. Egal, ob ich Kürbisse ausgesät habe, Römersalat, Wirsing oder Brokkoli – überall zwischen den Keimlingen schießen Tomatenstrauchbabys empor. Ich fürchte, das gibt am Ende noch eine Turbo-Tomatenernte.

(10.5.2014)

Oregano für die Staatskasse

Hui! Die lange Regenzeit hat nicht nur meine Wasserfässer überlaufen, sondern auch das Grün im Garten explodieren lassen. Das Gras schießt, als wolle es die Rasenmäher mürbe machen, die Fruchtansätze der Kirschen, Pflaumen und Äpfel sind prall. Und auch den Kräutern haben die vielen Güsse von oben gutgetan. Nicht so sehr den Blüten, die haben eher darunter gelitten. Seltsam, wie viele Kräuter lila blühen: die glockenblumenförmigen beim Salbei, die Kügelchen beim Schnittlauch, die zwergorchideenhaften Kunstgebilde beim Rosmarin, die Schneeflöckchen-Tupfer beim Thymian – alles lila, violett, mal kräftig, mal blass. Die Blätter der Kräuter sind vom Regen jedenfalls riesig geworden, jetzt fehlt nur noch ein bisschen Sonne für die ätherischen Öle, die das Kraut so riechen lassen wie es riecht.

Die vielen Zweige vom Griechischen Oregano, die sich vermehrt haben wie die Karnickel, schmecken gerade – unseren Kaninchen, die sich die Backen damit vollstopfen als wären sie Hamster. Ich hatte damals nur so viel Samen wie zwischen zwei Finger passt – heute ist der Griechische Oregano in unserem Kräuterbeet nicht mehr kleinzukriegen. Man kann so viel rausrupfen, wie man will, er kommt immer wieder, wie die Minze, die man hier herausreißt und die dort wieder emporschießt. Seltsam übrigens, dass ausgerechnet die griechische Version jenes Krauts so wuchert, ohne das eine Pizza nicht nach Pizza schmeckt.

So wie dieser unkaputtbare Griechische Oregano ohne jedes Zutun gedeiht, ist noch erstaunlicher, dass sie in Griechenland nicht darauf gekommen sind, mit dem Kraut die klamme Staatskasse zu kurieren. Man könnte doch die vielen Swimming-Pools, für die keine Steuern gezahlt wurden, zuschütten und dort Oregano anbauen. So viel, dass man den Oregano-Weltmarkt dominiert und die Preise bestimmen kann. Der Pizza-Absatz steigt doch ständig, und für Chili con Carne braucht man Oregano ja auch. Vorerst scheinen es die Griechen allerdings ohne Oregano geschafft zu haben. Aber die nächste Krise kommt bestimmt …

(17.5.2014)

Rhabarberdebakel

Manchmal bin ich wirklich froh, dass ich kein Gärtner bin. Also jetzt so ein richtig professioneller Gärtner, der davon leben muss. Oder kann. Oder können muss. Jedenfalls wäre es für einen Gärtner im Range eines Garten-Fachexperten geradezu tödlich, in aller Öffentlichkeit zu bekennen, dass bei ihm etwas wieder und wieder nicht klappt. Ich dagegen kann Ihnen frank und frei mein Leid klagen.

Rhabarber zum Beispiel wird mir wohl auf ewig ein Rätsel bleiben. Wussten Sie, dass die Bezeichnung auf dieselbe Wortwurzel zurückgeht wie unser „Barbar"? Die Griechen nannten ja alle Nichtgriechen Barbaren, und der Rhabarber kam ursprünglich aus dem Himalaya und dann über Russland zu uns nach Westeuropa, aus der Fremde also. Die Engländer haben den Rhabarberanbau als erste kultiviert, und in den USA ist er erst seit 1947 gesetzlich als Obst anerkannt. Ob die Amerikaner ihn bis dahin für Gemüse gehalten haben? Oder für Unkraut?

Wie dem auch sei, bei uns daheim will der Rhabarber einfach nicht gedeihen. Ich habe ihn neben die Komposthaufen gesetzt, weil ich irgendwo gehört hatte, dass das gut für den Rhabarber sein soll. Bis mir dann klar wurde, dass eine fatale Faktenvertauschung mich dazu bewog, zwei verschiedene Dinge zusammenzubringen. Denn eigentlich geht unter Gärtnern das Gerücht, dass man Rhabarberblätter auf keinen Fall auf den Komposthaufen werfen soll. Wegen der vielen Apfelsäure, Oxalsäure und der Anthrachinone. Die verursachen Erbrechen und Kreislaufstörungen – wenn man sie isst. Da wir aber nur die Stiele verarbeiten, können die Blätter natürlich doch auf den Kompost, weil sie nämlich bei den Kompostwürmern weder Erbrechen noch Kreislaufstörungen verursachen. Sondern großen Appetit, wie ich feststellen durfte. Aber nicht, dass Sie glauben, ich hätte in den letzten Jahren je Rhabarberblätter geerntet: Die stammten alle aus dem Supermarkt.

Wie es dazu kam, erzähle ich Ihnen beim nächsten Mal.

(24.5.2014)

Außer bei Bauer Dirksen

Weil das im eigenen Garten nie geklappt hat, musste ich in diversen Gartenbüchern mal nach Rhabarber blättern. Und da las ich dann oft so unvollständige Sätze wie „Rhabarber wächst eigentlich überall.“ Denn da fehlte immer der Zusatz: „Außer bei Bauer Dirksen. Da mickert er grundsätzlich vor sich hin“!

Und meinen Spott über die Amerikaner, die den Rhabarber erst 1947 zu Obst erklärt haben, muss ich auch zurücknehmen – denn in der pflanzenbiologischen Theorie zählt Rhabarber zu den Gemüsen, küchenpraktisch ist er Obst. Obwohl: Ich habe auch die Empfehlung gefunden, aus den jungen Blättern Salat zuzubereiten. Außerdem sollen sich die jungen, noch nicht aufgegangenen Triebe als Gemüse eignen. Genau wie die Blütenstände, die man dazu kochen soll wie Blumenkohl. Man kann die Rhabarberernte beschleunigen, indem man über die jungen Sprossen schnell einen hohen schwarzen Eimer oder eine Ton-Glocke stülpt, schreibt Jürgen Dahl, in England soll das gang und gäbe sein, die Stangen sollen dann bleich, das Fleisch zart und der Geschmack milde sein. Wobei mir gerade der kräftige Geschmack am Rhabarber so gefällt, zumal in Kombination mit so milden Dingen wie Vanillepudding oder Kuchenteig.

Jedenfalls konnte ich von all diesen Verwendungsmöglichkeiten bislang nur träumen, weil mein Rhabarber immer eingegangen ist, egal, wo ich ihn hingesetzt habe, an ein sonniges Fleckchen (Temperaturen über 30 Grad mag er nicht) oder ein schattiges (im Winter mit Stroh abdecken, zu viel Frost mag er nicht!), ein trockenes (Rhabarber hat viel Durst) oder ein feuchtes (bei Staunässe fangen die Wurzelknollen an zu faulen).

Deshalb hatten auch so harmlose Sätze wie „Nach der Ernte düngen“ oder „alle vier bis acht Jahre die Wurzeln teilen und verpflanzen“ für mich einen höhnischen Unterton. Die beiden Sorten, die von allen möglichen Autoren immer wieder empfohlen wurden, waren übrigens „Vierländer Blut“ und „Holsteiner Blut“. Vielleicht ahnt der Rhabarber ja, dass ich kein Blut sehen kann …

(31.5.2014)

Mangoldschürfer

Mangold wachsen zu lassen, Mangold zu ernten ist ein eher kleines Problem im Vergleich zu seiner Zubereitung. Wenn man die Blätter zu lange dünstet, nehmen sie eine unansehnliche Farbe an, das Grün geht ins Schwarze über. Dünstet man sie aber so kurz, dass das Blatt noch grün bleibt, bleiben oft die Stiele hart. Ich versuche, dem Dilemma zu entkommen, indem ich die Stiele abtrenne, klein schneide und drei bis fünf Minuten länger garen lasse als die Blätter, die nach acht Minuten essbar sind. Die immer noch ein bisschen knackigen Stiele bilden einen leckeren Kontrast zu den Blättern, die in der Konsistenz durchaus am ehesten wie Spinat daherkommen.

Der rotstielige Mangold ergibt übrigens beim Schmoren einen roten Saft, das sollte man bei der Kombination mit anderem Gemüse, Reis, Nudeln oder Kartoffeln vielleicht bedenken. Er enthält übrigens viel Vitamin K, daneben aber auch gewisse Mengen von Vitamin A und Vitamin E sowie Natrium, Magnesium und Kalium. Und: Eisen. Und zwar fast so viel wie Spinat, den er in der Küche an Aroma locker übertrifft. Im Garten vertragen sich die beiden übrigens überhaupt nicht gut, was für mich (neben der vielen Arbeit mit den vielen Spinatblättern) einer der vielen Gründe ist, auf den Spinatanbau zu verzichten.

Außerdem ist Mangold, wenn man zu Sorten wie „Bright Lights“ mit gelben und roten Stielen greift, ein optischer Genuss im Garten, man kann ihn auch zwischen Rosen und Margeriten in ein Zierbeet setzen. Und noch etwas: Der Mangold ist mit der Rübe verwandt (früher wurde aus denen sogar Zucker gemacht), das bedeutet, dass man Mangold immer wieder ernten kann, wenn man nicht alle Blätter abschneidet, sondern nur ein paar. Und ein letzter Vorteil noch: Für den Mangold ist es nie zu spät, man kann ihn noch bis in den September säen und bis zum ersten Frost ernten. Und wenn man die Rübe stecken lässt, wächst der Mangold im Jahr drauf wieder neu. Es dauert dann nur länger als beim frisch ausgesäten. – Na, überzeugt?

(14.6.2014)

Pfirsichkissen

Wir hätten uns auch darüber unterhalten können, dass der Pfirsich auf Lateinisch „Apfel Persiens“ heißt, im Botanikerlatein aber „Prunus persica“, persische Pflaume. Aber nein, das Gespräch nahm eine andere Wendung. „In meinem nächsten Leben“, seufzte mein Freund, „möchte ich bitteschön Pfirsich bei Bauer Dirksen werden.“ Und bevor wir in eine vertiefende Diskussion über außerbotanische Pfirsich- und Orangenhaut einsteigen konnten, fühlte ich mich zu einer großen Rechtfertigungsrede veranlasst.

Dabei bot sich uns ein Stillleben, wie es im Buche steht: Auf dem Granitkies-Weg lag ein ausgemustertes Kissen, einige Blätter der Buchsbaumhecke spiegelten die Strahlen der Sonne wie glitzernde Wellen auf dem Meer. Darüber wiegte sich der Pfirsichbaum in der frischen Sommerbrise, seine schlank-ovalen Blätter tanzten elegante Figuren in den blauen Himmel.

Gut, das Kissen wirkte etwas gewöhnungsbedürftig. Auf den ersten Blick schien es auf einen abwesenden Gärtner zu deuten, der, vom Fortschritt der Jahre nicht ganz unbehelligt geblieben, bei der bodennahen Arbeit seinen Knien die bestmögliche Schonung verschaffen wollte. Fehlschluss. Der Blick hätte weiter nach oben gehen müssen. Ich wollte nicht mir, sondern den Pfirsichen oben im Baum die bestmögliche Schonung verschaffen. Sie hingen direkt über dem roten Granit-Kies, der doch so viele Spitzen und scharfe Kanten hat – und ich wollte, dass sie weich landen, wenn sie eines Tages fallen würden. Man musste sich nur überlegen, welche Geschwindigkeit diese Pfirsiche bei einer Höhe von gut 2,50 Metern erreichen. Wenn sie nur anderthalb Sekunden bis zum Boden brauchen, haben sie schon 50 km/h drauf. Da sähen sie doch hinterher aus wie übel zugerichtete Unfallopfer. Das wollte ich meinen Pfirsichen nicht zumuten.

Genau genommen wollte ich natürlich mir nicht zumuten, matschige Pfirsiche essen zu müssen. Und soll ich Ihnen sagen, wie's ausgegangen ist? Der eine fiel auf das Kissen und kullerte vor lauter Schwung wieder hinunter auf den Kies, der andere aber landete satt in der Mitte und lag dort wie ein Krönungsapfel auf dem Silbertablett. Nur weicher. Und sie haben köstlich geschmeckt. Es waren leider die einzigen beiden in diesem Jahr. Sonst hätte ich wohl kaum das Pfirsichkissen erfunden.

(16.8.2014)

Mammutbäume für die Ururururenkel

Gemessen daran, dass die ältesten Mammutbäume 3000 Jahre alt sein sollen, haben die drei Winzlinge im Töpfchen auf unserer Terrasse noch nicht viel überstanden. Aber für mich war es schon ein Wunder, dass aus den Samen (die man übers Internet kaufen kann) Keimlinge herausgekommen sind. Man denke: Kalifornien, wo sie herstammen, hat ja doch Warmduscher-Temperaturen im Vergleich zu unseren.

Und es ist ein langer Weg: Die Samen müssen zehn bis 14 Tage im Kühlschrank bei 5 Grad zubringen, damit sie denken, es wäre Winter in Kalifornien. Danach müssen sie einen halben bis ganzen Tag im 20 Grad warmen Wasser liegen (Frühling in Kalifornien!), bevor sie in eine nährstoffreiche Erde verpflanzt werden. Fachleute haben mir gesagt, dass die Zwerge nach drei Jahren auch deutsche Winter überstehen können. Aber ich habe da so meine Zweifel. Denn die Mammutbäume, die man im Kulturhauptstadt-Jahr entlang der A 42 zwischen Dortmund und Kamp-Lintfort gepflanzt (und mit roten Pfählen markiert) hat, sind ja zu Dutzenden eingegangen. Ihr Nadelkleid wurde im Winter braun, bei manchen kam im Frühling wieder Grün nach, bei vielen auch nicht. Vielleicht stanken den Bäumen die Autos, Kalifornien hat ja strengere Abgas-Normen als wir.

Mammutbäume werden riesig hoch, der älteste in Deutschland, 1852 im hessischen Bensheim gepflanzt, hat einen 50-Meter-Stamm. Wobei ich gar nicht darauf aus bin, den längsten Baum weit und breit zu haben – ich finde vielmehr die Rinde der Mammutbäume vollkommen faszinierend. In ihr hat die Natur Schaumstoff erfunden, bevor der Mensch ihn künstlich herstellen konnte. Auf die Rinde kann man mit der blanken Faust einschlagen, ohne dass es wehtut.

Und noch etwas ist ja völlig faszinierend: Mammutbäume sind, ähnlich wie der Ginkgo, eine Verbindung zur Urzeit, es gab sie schon auf der Erde, als die Dinosaurier noch lebten (kein Wunder, dass die Viecher kilometerlange Hälse bekamen, wenn sie in der Baumkrone naschen wollten). Und weil sie eine so lange Lebensdauer haben, kann man sich mit ihnen vielleicht auch noch bei den Ururururenkeln verewigen – „den hat der olle Bauer Dirksen noch gepflanzt", werden sie sagen. Hoffentlich.

(20.9.2014)

Bankbesitzer und Bankbesetzer

Meine Bank hätte in diesem einen Moment auch mal einen Rettungsschirm gebraucht. Sie hatte sich im Laufe der Jahre total verausgabt, mehr auf Schein als auf harte Währung gesetzt, so manches Pfund und so manchen Wechsel ohne jedes Murren geschluckt – und doch war ihr Vermögen immer mehr geschrumpft.

Bis sich dann mein alter Freund Helmut draufsetzte. Helmut ist zum einen wegen seines notorischen Heuschnupfens nicht der größte Gartenfreund unter meinen Freunden – und zum anderen bemüht, seinem Oggersheimer Namensvetter mit dem Gemüse-Nachnamen nicht allzu sehr nachzueifern. Das gelingt Helmut mal exzellent, mal weniger. In diesem Moment war's gerade weniger. Also im Grunde genommen mehr, wenn man es denn unbedingt in Kilos ausdrücken will.

Die Bank gab einen gewaltig klagenden Ächzer von sich, einen hölzernen Offenbarungseid. Freund Helmut stand sofort kerzengerade auf der Terrasse, ich entschuldigte mich so zügig wie wortreich, weil wir seinerzeit („Wir waren jung und hatten kein Geld") eine Gartenbank zum Zusammenklappen im Sonderangebot gekauft hatten. Heute müsste ich noch ein paar Dankesworte hinzufügen.

Wir trauten uns nicht mehr, unsere Gäste auf dieser Bank zu Bankbesitzern zu machen. Deshalb ist sie jetzt eine sehr, sehr hübsche Blumenbank geworden: Dachwurz und Strauchbasilikum im Topf, eine rote Baumchili und zwei altersschwache Margeriten, Schnittlauch und ein Currykraut, das sich dringend mal erholen muss, Schokoladenminze und ein Thymian im Magerboden, noch ein Dachwurz und zwei müde gewordene Fleißige Lieschen, die ich übern Winter bringen will. Denn die Bank steht zwar draußen, wird aber von zwei Wänden geschützt, mit Sonne von Südosten – also genau die Ecke, in die sich sonst immer unser dicker Kater legt, um ein Sonnenbad im Windschatten zu nehmen. Ich glaube, die Fleißigen Lieschen haben ganz gute Chancen da, obwohl sie ja eigentlich nur einjährig sind. Auf die Bank bin ich jetzt gestoßen, als ich auf der Suche nach den letzten Blüten im Garten war. Und was leuchtet mir da so zart wie rot entgegen? Ananas-Salbei! Der stammt doch aus Mexiko! Da werden die Lieschen als Bankbesitzer ja wohl eine Chance zum Überwintern haben!

(13.12.2014)

Der Apfel-Veteran hält durch

Sie werden sich vielleicht nicht mehr daran erinnern, aber ich hatte auch an dieser Stelle meine Absicht ausgeplaudert, dem alten Apfelbaum-Veteran auf unserer Obstwiese endgültig den Garaus zu machen. Gepflanzt von Uropa Fritz, Jahrzehnte gewachsen, geblüht und getragen, hatte ihn der heute schon legendäre Kyrill-Sturm vor fast genau acht Jahren zum ersten Mal flachgelegt. Nun, damals haben wir ihn wieder aufgerichtet und mit drei extradicken Zaundrähten an drei Kollegen festgebunden, die in dem Sturm standhaft geblieben waren. Durch die kreuz und quer verspannten Drähte hatte unser durchaus dörflicher Garten etliche Monate lang ein gewisses großstädtisches Flair, weil man glatt an Straßenbahn-Oberleitungen glaubte.

Irgendwann aber hatte der Baum, der bis auf den heutigen Tag fantastische Äpfel der Sorte Rheinischer Winterrambour liefert, seine alte Standfestigkeit wiedergewonnen, auch wenn eine der drei Hauptwurzeln so gut wie hinüber war. Doch in diesem Jahr war es endgültig vorbei mit der Winterrambour-Herrlichkeit, der Baum kippte erneut unter windigen Umständen auf die Seite. Und diesmal hatte ich beschlossen: Keine Oberleitungen mehr im Garten! Manchmal mag ein gewisses Ausmaß an Gebrechlichkeit vielleicht auch bedeuten, dass es an der Zeit ist. So hatte ich beschlossen, den Apfel-Veteran in einer letzten Mission darauf vorzubereiten, noch einmal für uns durchs Feuer zu gehen, nach dreijähriger Lagerungszeit – im Ofen.

Nun, mein Vater hatte mehr Mitleid mit dem alten Gesellen und verpasste ihm zwei Krücken, wobei ich nicht sicher bin, ob die beiden dicken Äste, die dazu dienten, von der ersten Havarie des Baums übriggeblieben waren oder von einem Kollegen stammten. Jedenfalls hat der Baum in diesem Jahr tatsächlich noch einmal getragen – und solange die Krücken halten, soll er sein Leben haben. Um ganz ehrlich zu sein, habe ich aber ganz in der Nähe schon einen neuen Baum gepflanzt, klein und zart, aber er soll früh genug anfangen, ein würdiger Nachfolger zu werden. *

(3.1.2015)

* Der Apfel-Veteran stellt seinen Nachfolger bis heute in den Schatten, in jeder Hinsicht (Stand: Mai 2021).

Kartoffelzwang

Den eigenen Gemüsegarten hat man ja nicht zuletzt, um frei zu sein von den Pestiziden unserer Lebensmittelindustrie und ihren konjunkturellen Launen. Man möchte in unserer aberwitzig vernetzten Welt, in der jeder von allen abhängig ist und der berühmte Flügelschlag eines Schmetterlings im Regenwald einen Orkan in Europa auslösen kann, doch gern ein Stückchen unabhängiger sein. Wenigstens auf dem eigenen Fleckchen Erde. Immer vorausgesetzt natürlich, das Wetter verhagelt einem nicht die Ernte. Und die Marienkäfer fressen alle Blattläuse. Und die Igel halten die Schnecken im Zaum, wahlweise auch der Schneckenzaun, der Aschering, das Schneckenkorn oder die Laufenten. Und es wandern keine Wühlmäuse ein. Und die Kaninchen merken nicht, wie lecker der Salat ist. Und man schafft es, das Gemüse, das wie auf Verabredung immer zugleich reif wird, beizeiten aufzuessen oder einzufrieren.

Ich wollte hier aber keine philosophische Abhandlung über Freiheit im 21. Jahrhundert einleiten, sondern auf die Kartoffeln kommen. Vielleicht beschäftigen Sie sich auch gerade damit, welche Sorten wir diesmal setzen, vielleicht haben Sie auch gerade schon in einem Anfall von kühnem Optimismus (und Freiheitsdrang) die ersten Knollen in die Erde gelegt.

Jedenfalls raubt mir die Konkurrenz der Bio-Kartoffeln im Supermarkt die Freiheit, sie setzt mich gewaltig unter Konkurrenzdruck. Nicht etwa, weil sie schmackhafter wären als die aus der eigenen Scholle. Das Problem ist eher äußerlicher Natur: Selbst die Bio-Kartoffeln kommen ja im Supermarkt wie aus dem Ei gepellt daher. Mein Oma hätte bestimmt gedacht, das sind gar keine Kartoffeln. Und gesagt: „Da ist ja kein Krümel Erde dran!“ Andersherum glaube ich, dass die Kinder von heute drauf und dran sind zu glauben, dass man Kartoffeln von den Bäumen pflücken kann oder vom Strauch.

Seit letztem Jahr wasche ich meine Kartoffeln auch, sonst schält sie bei uns zu Hause keiner mehr. Ich lasse sie ein, zwei Stunden im Wasser liegen, damit der Dreck einweichen kann, und bürste sie dann ab. Convenience Food von Bauer Dirksen. In ein paar Jahren muss ich sie wahrscheinlich in Stäbchenform schneiden, damit ich sie noch loswerde. Schöne Freiheit.

(14.3.2015)

Möhren-Verzweiflung

Es gibt Waschpulver, es gibt Waschbären, aber auch Waschmöhren. Die werden nicht am Rande der Waschstraße angebaut, sondern landen nach der Ernte in der Waschmaschine, damit sie so aussehen, als hätte man sie vom Baum gepflückt. Die Zubereitung dieser Waschmöhren findet aber nicht in der Waschküche statt.

Waschmöhren sind natürlich enge Verwandte jener blitzblank gescheuerten Supermarktkartoffeln, die mich dazu zwingen, die eigene Ernte ebenfalls zu polieren. Nun sind Mohrrüben, die frisch aus der satten Gartenerde kommen, vielleicht noch schwieriger zu putzen als Kartoffeln. Aber für mich ist das so wichtig wie chinesische Reissäcke. Denn Karotten sind für mich im Garten immer das, was für Napoleon die Schlacht von Waterloo war. Ob es persönliche Abneigungen von Pflanzenarten gegen einzelne Menschen gibt? Wie sollte sich sonst erklären, dass meine Möhrenbeete bislang ein Ort des Versagens mit Ansage waren.

Wie ist eigentlich die korrekte Steigerungsform von mickrig? Bei Möhren dauert es ewig und drei Tage, bis sie keimen. Das hat den Nachteil, dass das Unkraut, das ohnehin immer viel schneller wächst als alles, was lecker ist oder schön, das kleine zarte Möhrengrün ruckzuck überwuchert hat. Beim Bemühen, den armen Mohrrüben bessere Wachstums-Chancen zu verschaffen, habe ich aber nicht nur Unkraut ausgerissen, sondern auch etliche Möhrchen. Gemerkt habe ich das nicht sofort (ich wusste ja nicht, wie kleine Möhrchen aussehen), sondern erst viel später, an den klaffenden Lücken in den Möhren-Reihen.

Das größte Drama aber ist das ewige Warten: Du siehst ja nicht, wie weit die Möhre jetzt gewachsen ist, das spielt sich ja dummerweise unter der Erde ab! Ob es an meiner Ungeduld lag oder an mangelnder Erfahrung, ist am Ende wohl egal – ich habe die Karotten immer zu früh aus der Erde gezogen. Jedenfalls dachte ich stets: „Die könnte aber auch größer sein!"

Also habe ich aus Verzweiflung mal ein paar Möhren übern Winter in der Erde stehen lassen. Jetzt, wo das Grün wieder austreibt, habe ich sie aus der Erde gezogen. Sie waren – mickrig. Vor allem, weil irgendwelche lichtscheuen Wesen sie von unten abgenagt haben.

(21.3.2015)

Männer, Frauen und Petunien

Männer und Frauen sind im Garten natürlich genauso verschieden wie im wirklichen Leben auch. Ich habe das neulich wieder recht drastisch zu spüren bekommen. Wir haben vier Außen-Fensterbänke, die Wände ringsum bestehen aus alten, dunkelroten, manchmal fast ins Schwarzrote verwitterten Ziegelsteinen. Oben drüber rankt sich eine pinke „Leonardo da Vinci"-Rose, unten stehen Himbeeren und weiße und blassviolette Phlox, im Herbst stehen unter den Fenstern dann auch lila Astern.

Aber womit bestücken wir die Blumenkästen für die Fensterbänke? Wir haben ein jahrelanges Experimentieren hinter uns. Rote Eisbegonien hab ich mal ausprobiert, denn die sind nicht gleich beleidigt, wenn man zwei Tage mal das Gießen vergisst – die Fensterbänke befinden sich in bester Sonnenlage, sommers glüht es da von halb elf bis um fünf, und wegen der Mauer, die ums Eck geht, ist die Wand vor den häufigen Nord- und Westwinden geschützt. Und die alten Ziegelsteine sind von der Witterung so porös geworden, dass sie wunderbar die Wärme speichern. Hortensien und andere Säufer kommen also gar nicht in Frage, Lavendel und Salbei ergäben zu viel Lila. Die Fleißigen Lieschen, deren Rot ins Orange hinüberlappte, waren farblich das pure Grausen.

So bin ich irgendwann auf die Petunie gekommen. Die blüht die ganze Sommersaison über, braucht zwar auch regelmäßig ein bisschen Wasser, verbrennt aber immerhin nicht gleich bei Sommersonnenwunschwetter. Und der Riesenvorteil der Petunien (wussten Sie, dass sich der Name vom Wort der brasilianischen Indianer für Tabak ableitet? Die Petunie ist ja ein Nachtschattengewächs, also mit Tomate und Kartoffel verwandt) ist, dass es sie in allen erdenklichen Farben gibt, sogar gestreift! Und gesprenkelt! Ich hatte in der Gärtnerei eine, wie ich fand, wunderbare Petunie entdeckt, Grundfarbe weiß, außen leicht pupurviolett gesprenkelt und zum Blütenkelch hin immer violetter. So habe ich die Blume auch meiner Frau beschrieben. Das Ergebnis? Eine krause Nase, skeptische Blicke. Na gut, dann fahren wir eben zum Gärtner und suchen gemeinsam eine aus. Gesagt, getan. „DIE da, die wäre doch wunderbar", zeigte meine Frau. Sie ahnen, wohin – und ich wusste wieder, dass Männer und Frauen vollkommen anders auf ein- und dieselbe Welt blicken.

(20.6.2015)

Hüpfende Hühner

Wenn Sie Kinder haben, werden sie den Trick kennen, wie man sie dazu bringt, Dinge zu essen, die sie nicht kennen oder gar verschmähen. Man muss nur ein anderes Kind dazusetzen, das vormacht, wie lecker die Oliven oder die Bohnen schmecken können – und die Menge jener Oliven oder Bohnen so verknappen, dass sie zu einem begehrten Gut werden.

Letzten Samstag war ich das Kind. Ich sah eins unserer Grünleger-Hühner hüpfen. Nun ist Hüpfen nicht die bevorzugte Fortbewegungsart für Hühner, da musste also was los sein. Ich dachte an einen Mallorca-Urlaub auf einer traumhaft gelegenen Finca; mit Blick aufs Meer liefen auf der balearischen Ponderosa auch Hühner frei herum – und taten sich an den ersten Weintrauben gütlich, die von den wild herumstehenden Reben herunterbaumelten.

Nun bin ich nicht so kühn, hierzulande mit Weintrauben im Juni zu rechnen. Aber das Hühnerhüpfen machte mich neugierig. Siehe da: Die schwarzen Johannisbeeren waren reif! Ohne das Huhn wäre mir das wohl erst nächste Woche aufgefallen – und dann wäre wahrscheinlich die Hälfte der Ernte schon verdorrt gewesen. Es ist nämlich seltsam, wie unterschiedlich schnell die schwarzen „Wimmelten" reif werden, wie meine Oma die Johannisbeeren immer nannte. Glauben Sie mir, dass mir erst jetzt gerade, wo ich das Wort hinschreibe, aufgeht, warum die so heißen? Am 24. Juni, der ja das Ende der Spargelsaison markiert und die Hoch-Zeit des Glühwürmchenflugs, ist St. Johannis! Da, ungefähr, sind die Beeren reif.

Bei uns verwandelten sie sich im Handumdrehn in eine Füllung für den Samstags-Pfannkuchen. Und weil nicht genug reife Johannisbeeren am Strauch waren, habe ich diese Füllung mit Boskoop-Äpfeln gestreckt; das hatte zur Folge, dass das Herbe der Beeren umarmt wurde von der Säure des Boskoops – lecker! Und: die schwarzen Johannisbeeren sind ja nicht so saftig wie die roten. Das hat den Vorteil, dass sie beim Braten nicht so schnell platzen wie die roten, die immer festbacken. Die Handvoll schwarzer Beeren, die drei Tage später reif waren, habe ich dann dem Grünleger spendiert. Mit Hüpfen wäre er da im Leben nicht drangekommen …

(27.6.2015)

Das Brummen pummeliger Hummeln

Wenn ich das Brummen der pummeligen Hummeln aus unseren Lavendelbüschen höre, das nur nachts verstummt, denke ich: Herrlich, diese Naturmusik, da kommen viele Streichquartette und Popsongs nicht heran. Man kann sich danebensetzen und minutenlang lauschen. Und hört dann auch, dass die Biester alle einen etwas anderen Sound haben, bestimmt sind ihre Rotorblätter unterschiedlich dick.

Im direkten Vergleich mit der Biene sind Hummeln die besseren Bestäuber, weil sie dicker sind als Bienen und auch durch ihren Pelz wesentlich stärker behaart sind und deshalb, so schlau ist die Natur, viel mehr Pollen durch die Weltgeschichte tragen als so eine Biene (woran man sehen kann, dass ausgeprägte Körperrundungen durchaus gute Seiten haben, genau wie eine ausgeprägte Behaarung). Allerdings machen die Bienen den individuellen Bestäubungs-Vorsprung der Hummeln durch ihre Demografie wieder wett, denn zu einem Bienenvolk gehören ja Abertausende von diesen geflügelten Fleißkärtchensammlern.

Weshalb ich mir auch schon einmal überlegt habe, den einen oder anderen Bienenstock anzulegen, um den Bienen quasi zurückzugeben, was sie uns an Bestäubungsarbeit an all den Obstbäumen und -sträuchern schenken. Aber ich habe mir sagen lassen, dass damit doch die eine oder andere Arbeitsstunde verbunden ist. Nicht, dass ich die scheuen würde. Aber ich weiß momentan nicht, wo hernehmen. Imkerei wird so bei mir zum Projekt für den Ruhestand.

Bis dahin versuche ich, so viele bienenfreundliche Pflanzen wie möglich im Garten zu haben. Unter den Gehölzen kommen alle Beerensträucher in Frage, Berberitze, Weißdorn, Schlehe, Schneeheide, Falscher Jasmin, ungefüllte Rosen, Schneebeere und Felsenmispel. Bei den Schlingpflanzen Wilder Wein, Kletterhortensie, Clematis und Efeu, alle Obstbäume, Weide, Ahorn, Linde, Robinie, Kastanie und Eberesche. Krokus, Schneeglöckchen, Leberblümchen, Lungenkraut, Silberwurz, Steinkraut, Beinwell, Sonnenhut, Maiglöckchen, Fetthenne, Ziermohn, Sonnenhut und Lavendel, Malve, Gamander, Tagetes, Kornblume, Herbstanemone, Sonnenblume, Sommerazalee, Kosmee, ungefüllte Dahlien, Zitronenmelisse, Schnittlauch, Salbei, Bärlauch und Thymian.

(18.7.2015)

Pflaumenaugust auf der Roten Liste

Wussten Sie, dass Pflaumen zu den Rosengewächsen zählen? Manchen Gärtnern wird das äußerst plausibel vorkommen, weil sich die Pflaumenbäume bei ihnen vielleicht nicht wie die Königin der Blumen, aber wie die Prinzessin auf der Erbse verhalten. Ich dagegen habe großes Glück mit meinen Pflaumenbäumen, selbst die 40 oder 50 Jahre alten, die so allmählich Ast für Ast absterben, tragen noch Jahr für Jahr reichlich.

Das heißt: sie trugen. Denn in diesem Jahr, diese gewaltige Katastrophe zeichnet sich jetzt bereits zumindest in meinem Garten ab, wird es überhaupt gar nix mit Pflaumenaugust! Nicht mal im September. Wie sollen denn jetzt noch Früchte an die Zweige kommen? Pro Baum sehe ich zwei, drei Früchtchen, meist noch grün, vielleicht mit einem leisen Anflug von Violett auf den Bäckchen, wenn's hochkommt. Und mein Mirabellen-Bäumchen ist sogar in die ewigen Jagdgründe eingegangen, aber das zählt nicht, denn das hat in all den Jahren nur ein einziges Mal nennenswert getragen, 2007 so die Kante muss das gewesen sein. Reneklоden? Leider auch Fehlanzeige, immerhin stehen die Bäume noch, man lernt ja im Laufe der Zeit, schon dankbar zu sein für alle, die noch da sind.

Klar, Pflaumen sind Frühblüher und spätfrost¬empfindlich – aber der Pfirsichbaum, den ich im letzten Jahr fast gefällt hätte, weil die gesamte Ernte auf einem einzigen Gartenstuhl-Kissen Platz genug hatte, bricht in diesem Jahr fast unter seiner Last zusammen. Und der Pfirsich blüht noch früher als die Pflaumen. Und die sind – normalerweise – gar keine Mimosen! Die Biogarten-Pionierin Marie-Luise Kreuter pflegte Pflaumen und Zwetschen zu preisen, weil sie „zu den anspruchslosesten Obstarten zählen, die auch unter weniger guten Bedingungen wachsen." Das heißt natürlich nicht, dass Pflaumen nicht auch humus- und nährstoffreiche Böden mit optimaler Wasserversorgung zu schätzen wissen; aber sie wachsen, gedeihen und tragen eben auch, wenn die Erde so voller Sand ist wie bei uns. Alexander der Große soll die Pflaume aus Asien importiert, Karl der Große für ihre Verbreitung in ganz Europa gesorgt haben. Und wir haben uns immer königlich auf den Pflaumenkuchen zur Moerser Kirmes gefreut. Aber da müssen wir dieses Jahr wohl in den süßen Apfel beißen.

(8.8.2015)

O Pannenbaum!

„Oder wir kaufen einen Klapp-Baum“, kicherte unser Jüngster, als wir uns neulich der alle Jahre wiederkehrenden Weihnachtsbaum-Frage widmeten. Es fing alles damit an, dass Lorenz monierte, wir sollten doch nicht erst wieder zwei Tage vor dem Fest einen Baum kaufen.

Weshalb ich mich umgehend zu der Klarstellung veranlasst sah, dass ich selbstverständlich so lange wie möglich mit dem Weihnachtsbaumkauf warte, um ein möglichst frisches Exemplar zu erwischen – keineswegs spiele dabei die Spekulation auf panisch werdende Weihnachtsbaumverkäufer, die ihre Ware lieber mit großen und abergrößten Nachlässen verkaufen, um nicht am Heiligabend auf einem Berg Tannengrün sitzenzubleiben, eine Rolle.

Nun wäre es ja vielleicht doch das Sinnigste, nicht jedes Jahr einen neuen Baum abholzen zu lassen. Zumal ja die meisten Weihnachtsbäume in Monokulturen aufwachsen, womöglich noch mit Pestiziden und Kunstdünger in Hochform gebracht. Sinniger wäre es da doch, eine Tanne mit Wurzelballen zu kaufen, die dann nach dem Fest wieder in den Garten verpflanzt werden kann. Schöne Vorstellung. Lebt allerdings, wie so viele schöne Vorstellungen, von der Idee. Das Problem: Pflanzen, die Wurzeln haben, wachsen. Unsere Kinder verlangen aber jedes Jahr einen Baum, der exakt bis unter die Decke in der handelsüblichen Höhe von 2,50 Metern reicht. Alle anderen Lösungen sind kurzerhand als „mickerig“ und „albern“ beschimpft worden, und in diesem Zusammenhang fiel dann auch der Begriff „Klapp-Baum“. Großer Lach-Erfolg. Schade, eigentlich.

Jedenfalls bleibt so ein 2,50-Meter-Baum ja nicht bei 2,50 Metern, wenn er ein Jahr im Freien steht. Er wächst. In alle Himmelsrichtungen und Richtung Himmel auch noch. Einen gefällten Baum kann man problemlos von unten kürzer machen, ohne dass die Spitze leidet. Falls Sie aber eine Idee haben sollten, wie man das bei einem Baum mit Ballen hinbekommt, melden Sie sich bitte gelegentlich mal bei mir.

Bis dahin nehmen wir, ja doch, das gibt es, Bio-Weihnachtsbäume! Von freilaufenden Förstern, wahrscheinlich. Muss jetzt nur noch ganz schnell los.
Einen kaufen.

(24.12.2015)

Dufte Pelargonien

So, nachdem wir Sie letzte Woche mit Stoff für Naseweisheiten versorgt haben, indem wir dem Irrtum des alten Pflanzenklassifkators Carl von Linné aufgesessen waren, dass nämlich Geranien eigentlich Pelargonien sind, ein für allemal klargestellt haben, gibt es heute nun wirklich mal was auf die Nase. Nicht mit Geranien, weil das Geranium ja der Storchschnabel ist, mit dem die Geranienpelargonien schon rein äußerlich nicht das Mindeste zu tun haben, sondern mit Pelargonien. Übersetzt heißt der Begriff übrigens Kranichschnabel – wie beim Geranium rührt das daher, dass die jeweiligen Fruchtstände tatsächlich an das Vogelkörperteil erinnert.

Aber wussten Sie, dass es Duftblattpelargonien gibt? Das bedeutet nämlich, dass die von uns immer wieder fälschlich Geranien genannten Pelargonien gar nicht unbedingt so stechend stinken müssen wie die „Geranien" vom Markt oder aus dem Gartencenter das mitunter tun, wenn man ihnen ein bis zwei Härchen krümmt oder ein Blättlein abknickt.

Bei Duftpelargonien müssen Sie sich allerdings verabschieden vom Knallrot, in den ja die meisten handelsüblichen Geranienpelargonien daherkommen. Die Farbe hat sich bei den wohlriechenden Sorten sozusagen verduftet, die meisten von ihnen blühen irgendwo zwischen Weiß, Rosa und Lila, am häufigsten in jenem Farbton, für die unsere Modelyrik in letzter Zeit ganz gerne den Begriff Mauve verwendet.

Duftpelargonien riechen oft nach Zitrone (das sind die Sorten Pelargonium Citrodorum; Atomic Snowflake; Crispum Variegatum; Mabel Grey; Odoratissimum; Graveolens) oder aber nach Kiefern (Fragrans; Quercifolia), Eukalyptus (Lady Plymouth), Apfelsinen (Prince of Orange), Pfefferminz (Tomentosum) und Gewürznelken (Old Spice). Die Gerüche, die aus den Drüsenhaaren der Blätter verströmt werden, sind derart intensiv (oft allerdings erst, wenn man ein Blatt zwischen den Fingern zerreibt), dass die Pflanzen heutzutage sogar zur Parfümherstellung und in der Aromatheratpie herangezogen werden. Die Liebe zu den Pelargonien kann sogar durch den Magen gehen, denn ihre Blätter sind allermeistens essbar, weshalb man die meisten von ihnen kleingeschnitten auch als Würzkräuter für Salate, Kuchen und Desserts verwenden kann.

(23.1.2016)

Darum heißt das hier „Kraut & Rüben“

Demnächst sind ja wieder die herrlichen Tage der „Offenen Gartenpforte“. Ich denke aber oft, dass sie für mich nur herrlich sind, weil ich an solchen Tagen Besucher und niemals Gastgeber bin. Ehrlich, für mich ist es eine Horrorvorstellung, dass fremde Menschen (oder womöglich sogar Leserinnen und Leser, mit denen ich mich eigentlich gut bekannt fühle) ihre Nase in meinem Garten so hineinstecken, wie ich das gern mit meiner in andere Gärten tu.

Der Grund liegt darin, dass der Name dieser Kolumne seinen guten Grund hat. Meine Frau meint natürlich, das sei zwar ein triftiger, aber kein schöner Grund; gut, denn es handelt sich um mein außerordentlich weit entwickeltes Talent, hier und da etwas sein oder gar liegen zu lassen. Dabei sage ich immer, der Garten ist das Gegenteil von Shakespeare, sein und sein lassen geht hier sehr gut zusammen, wer da noch Fragen hat, ist selber schuld.

Wo war ich? Ach ja, bei den Momenten, in denen es mich manchmal heiß durchfährt: Wenn d a s jetzt die Leser sehen könnten! Während ich mit der Gießkanne am Komposthaufen stehe, gibt es zum Beispiel solche Momente. Jemand, der dann die Klinke zu unserem glücklicherweise blickdichten Hoftor herunterdrücken würde, könnte doch nicht ahnen, dass die seltsame Angewohnheit von Bauer Dirksen, seine Komposthaufen zu gießen, einen durchaus ernsten Hintergrund hat. Der abgedrehte Anblick allein würde ausreichen, um jeden vernünftigen Menschen, der etwas für Gärten übrighat, sofort wieder abdrehen zu lassen. Aber seit wir einen Kachelofen haben, kippe ich selbstverständlich immer die Asche auf den Kompost. Da sind allerdings nicht nur wertvolle Mineralstoffe aus dem verbrannten Holz drin, sondern – manchmal – auch noch leicht glimmende, verkohlte Holzreste. Als ich daran noch nicht gedacht habe, ist einmal über Nacht der gesamte Komposthaufen weggeglommen, ich traf am anderen Morgen nur noch einen qualmenden Aschehaufen an. Und ein dunkler Fleck an der Ziegelstein-Hauswand bewies zwar deren Hitzebeständigkeit, gemahnte aber auch daran, dass nicht jeder Schwelbrand so glücklich ausgeht.

Dann lieber gießen und wie ein Gartenkomiker dastehen.

(26.3.2016)

Grabtomaten

Meine Tomaten mickern dieses Jahr ein bisschen vor sich hin. Vielleicht hat eine Frau in Neuburg an der Donau schon im vergangenen Jahr ganz ähnliche Erfahrungen gemacht. Was dann ihre Bereitschaft zu Experimenten derart hat anwachsen lassen, dass sie Tomaten auf dem Grab ihrer Großeltern angepflanzt hat. Die Pflanzen seien üppig gewuchert und hätten das Holzkreuz auf dem Grab schon als Rankhilfe genutzt, ist aus Oberbayern zu hören.

Ich gebe zu, dass man im Garten, besonders in einem mit Komposthaufen, jederzeit mit dem Kreislauf-Gedanken konfrontiert ist und darin etwas Schönes sieht. Das hat einen Hauch von Ewigkeit, dieses andauernde „stirb und werde" ist Goethes „Selige Sehnsucht" in Grün. Aber der Gedanke, dass man Gemüse von den Gräbern seiner Vorfahren erntet, ist denn doch gewöhnungsbedürftig. Kenner wissen, dass Friedhofserde ein Boden mit ganz besonderen Bedingungen ist und hier längst nicht alles gedeiht. Aber der Gedanke, dass man Möhren, Teltower Rüben oder Radieschen aus der Erde zieht, in der Oma Lisbeth liegt, ist einem doch ein bisschen unheimlich, ja: gruselig.

Beinharte Naturfreunde werden selbstverständlich darauf beharren, dass es sich um einen normalen Kreislauf handelt. Und ob da nun Hortensien, Kirschlorbeer, Heidekraut oder Rotkohl stehe, sei ja unter rein pflanzlichen Gesichtspunkten ziemlich dasselbe. Ich glaube allerdings, dass die Friedhofsämter spätestens dann einschreiten, wenn es auf Friedhöfen zu flächendeckendem Maisanbau kommen wird. Dabei hätte man doch bei einer Verwendung des Grabgrüns in Biogasanlagen weniger Bauchschmerzen als bei einem Eigenverzehr.

In Neuburg an der Donau hat jedenfalls die örtliche Friedhofsreferentin Rabatz gemacht und gefordert, dass in der Grabstättensatzung der Obst- und Gemüseanbau verboten werden müsse. Die Enkelin der Verblichenen hat daraufhin darauf hingewiesen, dass ihre Großeltern große Tomatenfreunde gewesen seien und es sich um Gedenkpflanzen handele, die nicht zum Verzehr angebaut würden. Am Ende gab sich dann auch die Friedhofsverwaltung damit zufrieden, dass die Tomatentriebe daran gehindert wurden, auf Nachbargräber hinüberzuwuchern.

(17.9.2016)

Krater zu Beeten!

Wenn der Boden gefroren ist, blüht nur noch die Phantasie, aber in den buntesten Farben. Es soll ja Gärtner geben, die dann mit Blicken am Fenster stehen, als wollten sie gleich am Glas kratzen vor lauter Sehnsucht und Hadern, weil man draußen nichts, aber auch rein gar nichts zu tun hätte, außer vielleicht trübe Blicke auf die Minimalbotanik zu werfen.

Doch auch Blüten der Phantasie lassen sich düngen. Seit Wochen wäge ich ja Nutzen und Nachteil eines Kraterbeets. Und gebe zu, dass mich auch die Bewunderung für die Winzer von Lanzarote antreibt, die für jede Rebe ein Kraterbeet anlegen – sie graben durch die Schicht der Vulkan-Asche, die seit 300 Jahren die Insel bedeckt, bis zur Muttererde und setzen den Rebstock hinein. Schatten und Windschutz des Kraters verhindern zuverlässig das Austrocknen des Weins, was bei knapp 100 Millimetern Niederschlag im Jahr eine reale Gefahr ist.

Nun hat es der Klimawandel bei uns noch nicht so weit gebracht. Trotzdem will ich mal die Idealbedingungen für ein Kraterbeet nennen: Der Boden sollte nicht allzu tonig, nicht lehmhaltig sein. Ein Segen ist zudem, wenn es schon eine Mulde gibt, die nur vertieft werden muss – wer je einen Gartenteich ausgehoben hat, weiß, wovon ich schreibe.

Der Mindestdurchmesser für ein Kraterbeet wären zwei Meter, besser sind drei bis vier Meter. Die Tiefe sollte bei 10 bis 20 Zentimetern liegen; zusätzlich schüttet man einen Wall rings um das Beet auf, um die 20 Zentimeter hoch; dort, wo der Wind oft herweht, kann auch eine kleine Hecke angelegt werden. In die Mitte, etwa bis zur Hälfte des Durchmessers, sollte man die wärmebedürftigsten Pflanzen setzen, also Tomatensträucher, Paprika oder Melonenpflanzen; Basaltsteine können hier als Tritt und Wärmespeicher zugleich dienen. Und je näher man beim Bepflanzen dem Kraterrand kommt, desto weniger Durst dürfen die Pflanzen haben. Für den obersten Rand empfiehlt sich also die Pflanzung von mediterranen Kräutern wie Salbei, Rosmarin und Thymian.

(14.1.2017)

Garten in der Gosse

Zugegeben: Ich habe ein kleines Faible für Gärten an ungewöhnlichen Orten. Ich habe schon einen Kleinstgarten auf einem alten Leuchtturm gesehen, Gärten im Windschatten von Autobahnen, Gärten im Geröll der Alpen.

Den ungewöhnlichsten Garten von allen aber hat unser Nachbar. Der befindet sich gleich vor der Haustüre und es gibt ihn eigentlich auch nur jetzt, um diese Zeit, zu Frühlingsbeginn. Aber dann blüht es mit einer unvergleichlichen Pracht – in seinem Bordstein.

Manche kultivieren ja das Gelb vom Löwenzahn und vom Franzosenkraut im Knick zwischen Bürgersteig und Straßenasphalt. Bei unserem Nachbarn aber haben sich in der Gosse Dutzende und Aberdutzende von Schneeglanz-Blüten breitgemacht. Und was soll ich sagen? Im Gegensatz zu den quietschgelben Pusteblumen-Vorstadien kenne ich kaum einen hübscheren Anblick als diese zart wogenden Miniaturkissen in Blau, Weiß und Grün. Wahrscheinlich findet man die so herzig, weil man sich auf der ganzen Welt keine unangemessenere und gefährlichere Stelle für diese Pflänzchen vorstellen kann – ein einziges parkendes Auto, das drüber hinwegrollt, und die Pracht ist dahin. Zum Glück hat der Nachbar eine Garage. Und alle Autofahrer, die durch unsere Straße kommen, respektieren den Gossengarten mit dem Bordstein-Schneeglanz.

Sternhyazinthe oder Schneestolz nennt man den Schneeglanz auch, die Blumen gehören übrigens zur Gattung der Spargelartigen, ich habe trotzdem der Versuchung widerstehen können, sie zu probieren – man weiß ja, was so alles durch einen Rinnstein fließt, das heißt: Man will es eigentlich lieber nicht wissen... Die Blume sprießt aus Zwiebeln und sie verwildert ganz leicht und schnell, sobald sie sich wohlfühlt („Schädlinge und Krankheiten“, diesen leider sehr seltenen Satz habe ich mal in einem Gartenratgeber über Schneeglanz gelesen, „spielen bei dieser Pflanze keine Rolle“), die Vermehrung funktioniert ähnlich wie bei Schneeglöckchen mit Ameisen als Hebammen – sie tragen die Samen, die als Lockstoff so eine Art Speckschwarte haben, schmatzend durch die Welt.

Und manchmal auch in die Ritzen vom Asphalt.

(25.3.2017)

Die Zierde des Seinlassens

Sein und sein lassen, habe ich bei einem klugen Mann einmal gelesen, das geht im Garten ganz gut zusammen. Nun muss man kein Existenzphilosoph oder Toleranzfanatiker sein, um das mit dem Seinlassen in die Tat umzusetzen – ich habe im Garten gute Erfahrungen damit gemacht, hin und wieder mal etwas sein zu lassen. Vor allem: das Mähen!

Wir haben vorn im Garten ein Stück Rasen, dahinter beginnt dann die Wiese. Obstbäume stehen darauf, im Gras wuchert nicht das Moos wie auf dem Rasenstück, sondern der Gundermann, der Günsel und – das Wiesenschaumkraut. Früher, als ich die Wiese noch genauso behandelt habe wie den Rasen, habe ich Anfang bis Mitte April das erste Mal gemäht, damit das Gras so richtig durchgrünt. Was zur Folge hatte, dass wir nie das Wiesenschaumkraut blühen sahen, das ja so heißt, weil es Grundbestandteil von (halbwegs feuchten, halbwegs nährstoffhaltigen und ganzwegs ungemähten) Wiesen ist. Die zarten, blassvioletten bis rosaweißen Blüten des Wiesenschaumkrauts sind nicht nur eine Zierde, sondern auch der Beweis dafür, dass weiß der Himmel nicht jede Pflanze erst durch die Hände eines menschlichen Züchters gegangen sein muss, um schön auszusehen. Deshalb ist das Wiesenschaumkraut die Stängel, Blatt und Blüte gewordene Inkarnation des Seinlassens in jeder Hinsicht.

Es gibt übrigens zwei Möglichkeiten, den Namen der Pflanze zu erklären. Zum einen die nächstliegende, die sich beim Anblick einer schaumkrautblütengekrönten Wiese ergibt: ein grünes Meer mit Wellenspitzen. Die geht auf die Fortpflanzungstechnik einer Zikaden-Art zurück: Die Schaum-Zikade legt ihre Eier in Schaumnestern an den Stängeln von Grünpflanzen ab und bevorzugt dabei das Wiesenschaumkraut – da weiß man wieder nicht, was zuerst da war: das Zikaden-Ei oder sein Nistplatz. Als Kinder haben wir den Schaum immer Kuckucksspucke genannt, weil er mit den ersten Kuckucksrufen auftauchte. Jedenfalls glaube ich nicht, dass je ein Kuckuck versucht hat, sein Ei in ein Schaumzikaden-Nest zu schmuggeln …

Was ich aber erst durch ein bisschen Herumstöbern erfahren habe: In manchen Gegenden vor allem im Osten unseres Landes ist das Schaumkraut längst nicht mehr die Allerweltspflanze, als die sie uns vorkommt: Durch die fortschreitende Austrocknung der Wiesen (Sie wissen schon: Klimawandel plus exzessive Grundwassernutzung) ist das Schaumkraut dort auf dem Rückzug. Oder sie mähen dort zu viel.

(22.4.2017)

Etappensieg im Zünslerkampf

Der Kampf mit dem vermaledeiten Buchsbaumzünsler beschäftigt noch immer viele Gartenfreunde – abgesehen von denen, die längst aufgegeben haben und alle aus dem Boden gerissen haben. Es gibt zum Glück Alternativen, zum Beispiel den „Löffel-Ilex", der auch japanischer Ilex genannt wird und eigentlich gar nicht aussieht wie die Ilexe, die wir kennen. Wobei einem wohl unweigerlich einfällt, dass der Buchsbaumzünsler ja ebenfalls aus Asien eingeschleppt worden ist – da wird doch niemand mit Absicht ein paar Zünsler in den billigen Buchsbäumen aus China versteckt haben? Um sich gleich das nächste Geschäftsfeld zu sichern, weil der Buchsbaumbedarf irgendwann gesättigt sein würde? Ich bin leider kein Verschwörungstheoretiker, sonst hätte ich jetzt eine schöne neue Theorie …

Ich kann an dieser Stelle allerdings ein bisschen Hoffnung verbreiten: Vorläufig habe ich den Zünsler verscheucht, auf einer Heckenlänge von immerhin gut 40 Metern. Ich hatte die Hecken Ende April brutal auf rund 15 Zentimeter Höhe und weniger als 10 Zentimeter Breite zurückgeschnitten, sie hatten wirklich kaum noch Grün und sahen reichlich „hinüber" aus. Und dann habe ich zum ersten Mal in meinem Gärtnerleben tatsächlich zu einem Spritzmittel gegriffen, einem biologischen, bienenungiftigen, das den „Bacillus Thuringiensis" verbreitet – und der ist tödlich für die Raupen des Zünslers.

Es gibt auch Gärtner, die den Buchs erst einmal mit einem harten Wasserstrahl abspritzen, in der Hoffnung, Eier wie Raupen damit hinwegzufegen. Aber zumindest die Raupen muss man dann auch einsammeln. Über die Reaktion von Vögeln auf die Raupen gibt es nämlich unterschiedliche Auskünfte. Die einen behaupten, die Zünsler im Kriechstadium würden von Vögeln sofort wieder fallengelassen, nach dem Motto: Was der Nestbauer nicht kennt, das frisst er nicht. Andere wiederum berichten, dass Meisen und andere Insektenfresser auf die Raupen fliegen, nachdem sie ein erstes Mal gekostet haben. Und wichtig: Alle Schädlinge müssen in die Restmülltonne; ich hab sie mit einem verspäteten Osterfeuer den Flammen übergeben, aber pssst! Nicht weitersagen – im Garten darf man ja heutzutage gar nichts mehr verbrennen, außer vielleicht Zigaretten und Grillwürstchen.

(17.6.2017)

Flaschenbirne

Heinz ist einer unserer nettesten Nachbarn, und es ist schade, dass drei Häuser auf ziemlich breiten Grundstücken zwischen ihm und uns liegen. Dummerweise hat Heinz auch noch Arbeitszeiten, die fast deckungsgleich sind mit meiner Freizeit, was dazu führt, das Heinz und ich ein Dreamteam für die Rolle zweier Königskinder wären, die nie zueinander finden.

Nun mögen Sie sich fragen, was Bauer Dirksen da von Nachbarn faselt und was das in einer Gartenkolumne zu suchen hat. Nun, ich habe zusammen mit Heinz im Frühjahr zwei Flaschen in meinen Birnbaum gehängt – Sie kennen das vielleicht: Kurz nach dem Fruchtansatz, wenn die Birnchen noch rank und schlank sind, passen sie durch einen Flaschenhals und man kann eine Birne im Glas produzieren, weil die kleine Birnenfrucht im Laufe des Früh-, Hoch und Spätsommers immer weiter in die Flasche hineinwächst. Den verbliebenen Leerraum kann man nach der Ernte dann mit Hochprozentigem auffüllen, was die Haltbarkeit der Birne fördert, aber auch dazu führt, dass das Konservierungsmittel gern ausgetrunken wird.

Wo war ich? Ach ja, Heinz! Mein lieber Heinz, da wir uns nie sehen, muss ich Dir jetzt über die Zeitung ein Geständnis machen: Aus Deinen Flaschenbirnen ist leider nichts geworden! Irgendwann zwischen Früh- und Hochsommer sind die Birnensprösslinge abgefallen, in die Flaschen hinein. Ich hab ohnehin gestaunt, dass Du mit so schlanken Flaschen angekommen bist, in denen früher mal dunkelbraune Zuckerbrause war. Aber vielleicht, dachte ich damals, möchte Heinz ja Birnen haben, die genau diese markante Flaschenform annehmen, und womöglich seine Liebste mit Birnen in Cola-Form überraschen. Wie gesagt, lieber Heinz, damit wird es nichts, ich habe gedacht, ich treffe Dich mal auf der Straße und wollte wegen der abgefallenen Birnen nicht extra anrufen. Aber jetzt, da unsere Birnen geerntet sind, habe ich auch die Flaschen aus dem Baum genommen. Regen ist hineingelaufen, die einstigen Fruchtansätze sind schwarz geworden, und je unansehnlicher das wurde, desto weniger mochte ich Dir Bescheid geben. Doch nun sind die Flaschen ausgespült, Du kannst sie bei mir abholen. Und lass den Kopf nicht hängen: Das Schöne am Garten ist ja, dass fast alles wiederkommt. Nächstes Jahr, kurz nach der Birnenblüte, probieren wir's nochmal!

(16.9.2017)

Bosskopp

Der „Zucker Maggiott“ war ein ganz besonderer Apfel, er sah aus wie eine geliftete Zitrone, saftiggelb glänzend, mit winzigen kleinen Sommersprossen — zum Reinbeißen. Da, wo besonders viel Sonne hingekommen war, hatte er rote Bäckchen wie ein Kind an der frischen Winterluft. Auch der Geschmack wies eine leichte Zitronennote auf, die lebhafte Gaumenphantasie entdeckte gar einen Hauch von Ananas und süßer Spätlese. Ein Apfel, dem die warme Wohnungsluft leider schnell seine Knackigkeit nahm, und mürbe schmeckte der „Zucker Maggiott“ nicht mal halb so gut.

Ich habe als Kind lange darüber nachgedacht, was dieser Lieblingsapfel meines Uropas denn wohl mit Maggi zu tun hat. Ich bin nicht drauf gekommen. Der Geschmack war doch fast das Gegenteil dessen, was der alte Fritz immer tüchtig aus der dunkelbraunen Flasche in die Sonntagssuppe hineinspritzte …

Die Lösung: Der Apfel hieß gar nicht „Zucker Maggiott“. Sondern „Zuccalmaglios Renette“, eine Kreuzung aus einer Ananasrenette und einem Purpurroten Agat-Apfel. Benannt nach Vinzenz Jakob von Zuccalmaglio (man kennt eher seinen Bruder Anton Wilhelm, von dem das „Kein schöner Land“ stammt), dessen Schwiegersohn in spe mit dieser Namensvergabe der Hochzeit ein gutes Stück näher kam.

Der „Zucker Maggiott“ hat übrigens viele Verwandte, einer ist der „Della Festivale“. Das las ich im Sommer an einem Marktstand. Die gute Frau bot den wunderbaren Frühapfel „Delbarestivale“ feil, benannt nach der Baumschule Delbard im französischen Malicorne, die heiratswütige Ranschmeiße offenbar nicht nötig hat. Ich schreibe das alles auf, weil sich nach der Obstbaum-Kolumne neulich Frau Jaehner aus Hagen gemeldet hat. Es störte sie, dass ich von einem Boskop-Apfel schrieb – dabei habe der doch nichts mit einem Döskopp zu tun, sondern heiße in Wahrheit „Schöner von Boskoop“. Da haben Sie recht, liebe Frau Jaehner.

Aber nur ein bisschen. Wenn man im Duden nachschlägt, stehen da nicht nur beide Schreibweisen, Herr Duden gibt sogar der Schreibung mit nur zwei „o“ den Vorzug!

Dabei nennen die meisten Menschen den Apfel ja doch anders: Sie sagen „Bosskopp“, oder? Aber ich mag auch Dickköpfe.

(25.11.2017)

Zinkenverlust durch Trockenheit

Wir hatten in letzter Zeit häufiger mal so Tage, an denen ich dachte, dass vielleicht irgendwo auf der Welt unbemerkt mal wieder ein Vulkan ausgebrochen ist. Ein heimlicher Eyjafjallajökull, der vielleicht in der Südsee steht und deshalb auch ganz anders heißt, Lluköjallajfajye zum Beispiel. Das wäre jedenfalls die einfachste Erklärung.

Am meisten empört mich bei diesem Himmelsergrauen, dass die Wolken nicht selten eine seltene Mischung aus anthrazitgrau mit einem Hauch von Gelb aufwiesen, wie man sie in dieser Kombination eigentlich nur vom alten Ruhrgebiet kennt, bei der Kokerei umme Ecke oder so. Jedenfalls sah es immer nur so aus, als würde es im nächsten Moment anfangen zu regnen, ach was: zu schütten. Und was war? Das Gegenteil! Die Erde trocknet immer weiter aus, in der vorletzten Woche kam ein paar Tage lang noch ein scharfer Wind aus Nordwest dazu.

Bei meinen vier Regenfässern kann ich jetzt im wahrsten Sinne des Wortes mal eine Grundreinigung vornehmen, denn Wasser ist keins mehr drin. Dabei habe ich zuletzt nur noch die durstigen Hortensien und Hosta gegossen, und die Tomaten im Topf, weil sich bei denen schon die Blätter kräuselten. Als Gärtner, ich sag's Ihnen, bekommt man ein ganz anderes Verhältnis zum Regen denn als Nichtgärtner, sehr viel entspannter, denn man sieht ja einen Sinn darin, dass er stattfindet. Städter ohne Garten finden Regen bestimmt überflüssig.

Aber was hilft das Lamentieren über Trockenheit? Solange die Wirksamkeit von Regentänzen indianischer Medizinmänner noch nicht erwiesen ist, werden wir uns wohl damit abfinden müssen. Ich hatte sogar die wahnwitzige Idee, das Beste aus der Trockenheit machen zu wollen. Deshalb war meine Überlegung, dass bei der ausgetrockneten Erde die leider schon wieder nachgewachsene Bambuswurzel leichter auszugraben sein müsste, wenn ich dazu nicht den Spaten nehme (der letzte, dessen Blatt umgebogen ist als wär's aus Plastik, war mir noch allzubös in Erinnerung), sondern die Grabegabel, die normalerweise bei der Kartoffelernte zum Einsatz kommt. Und was soll ich Ihnen sagen? Die Grabegabel ist gegen den Bambus eingeknickt, ein Zinken jedenfalls, und das sieht jetzt etwas albern aus, als würde der Edelstahl mit seinem Spielbein tänzeln.

Ab jetzt nehme ich für den Bambus nur noch den Bagger.

(24.6.2018)

Novemberpaprika

Also, wenn man meiner Oma Lisbeth früher gesagt hätte, dass in ihrem Garten einmal Paprika angebaut werden, sie hätte einem wahrscheinlich den Vogel gezeigt. Zumal sie Paprika in Gemüseform erst am Ende ihres arbeitsreichen Lebens kennengelernt hat. Und ich glaube, wenn man ihr dazu noch gesagt hätte, dass die Paprikas dann auch noch Ende November geerntet werden, sie hätte wohl von einem hoffnungslosen Fall gesprochen.

Aber es ist so, und die Paprika-Anbauerin war ihre Urenkelin. Wir haben ihre Paprikapflanze sicherheitshalber in einen Tontopf gesetzt, weil wir eigentlich damit gerechnet haben, dass wir sie zwischendurch mal oder spätestens im Herbst ins Gewächshaus bringen müssten. Jetzt steht der Topf immer noch auf der Terrasse, gemeinsam mit der immer noch blühenden Clematis (in der Nachbarstraße habe ich gerade noch Balkonkästen mit einer üppigen Menge schreiend roter Geranien gesehen, das gibt garantiert fantastische Bilder, wenn der erste Schnee drauffällt!). Jedenfalls war es merkwürdig: Wir haben die ersten – grünen – Paprikafrüchte mit großer Freude schon im Juni oder Juli willkommen geheißen. Wir sahen ihnen beinahe täglich beim Reifen zu, mussten dann aber feststellen, dass irgendwann die grasgrüne Färbung einer immer schwärzeren wich. Wir haben dann die ersten angeschwärzten Exemplare unseren Zwergkaninchen angeboten, die auch dankbarst zugegriffen, also zugebissen haben. Grüne Paprika eignen sich ja am ehesten für gefüllte Paprikaschoten (die nur wenige in unserem Haushalt öfter als einmal im Monat mögen) und für den Salat aus geraspelten Kohlrabi. So haben wir uns dann den Sommer über die Paprika mit den Stallhasen redlich geteilt. Und die eine, die jetzt noch am Strauch hängt, ich sage es ehrlich: Wir hatten sie vergessen! Und stehen jetzt staunend vor dem Ergebnis: Die Paprika, die zwischenzeitlich auch mal schwarz war, ist jetzt – ROT!

Eigentlich dürfte so ein alter Gartenhase wie ich ja über so etwas nicht staunen. Zum einen hätte man das mit den schreckeinjagenden Reifungsgewohnheiten der Paprika garantiert in einem guten Fachbuch nachschlagen können. Und zum anderen kennen wir doch alle die alte Gartenweisheit, wonach im Garten nicht nur das Sein, sondern auch das Seinlassen die schönsten Ergebnisse zeitigt.

(23.11.2018)

Mäh, sagt der Rasen

Ich bin mir schon einigermaßen seltsam vorgekommen, als ich Ende November noch einmal den Rasenmäher rausgeholt habe. Denn eigentlich ist die Rasensaison für mich traditionell mit den Kartoffelferien beendet. Aber erstens gibt es ja heute gar keine Kartoffelferien mehr. Die Kartoffeln sind in der Zeit, in der die früher nach ihnen benannten Ferien stattfinden, entweder schon eingekellert oder aber gegessen. Wobei das mit dem Einkellern auch schon wieder von gestern ist, obwohl doch in den ehemaligen Kohlenkellern so viel Platz wäre; aber das Einkellern findet heute meist oberirdisch in den Lagerhäusern der Lebensmittelindustrie statt. Und zweitens wächst der Rasen in Zeiten des Klimawandelwetters erst im Herbst und Winter so richtig gut.

Nun wollte ich Ende November eigentlich gar nicht mal in erster Linie den Rasen mähen. Es ging mir vielmehr um das Eichen- und Ahornlaub, unter dem das Gras vollkommen verschwunden war. Dabei hatte ich mich nach dem Sonnenbankbraun, das der Rasen im Sommer angenommen hatte, so über das saftige Grün gefreut! Also wär's ja blöd gewesen, das wieder ratzekahl abzumähen.

Nun gut, das mit dem messerscharfen Laubsauger hat bestens funktioniert, und unser Kompost ist in einem Riesenhaufen Laub versunken, was die fleißigen Würmer, die Mikroben und vielleicht sogar die Igel darunter nur umso besser schützt.

Die Folge: Heftigstes Graswachstum. Ich muss wohl doch den längst eingemotteten Rasenmäher wieder auspacken und zum ersten Mal in meinem Leben im Januar Rasen mähen. Und dabei werde ich wohl wieder einmal darüber nachdenken, ob ich nicht doch mal ein „Rasenseminar" mitmachen sollte, wie es unsere Rasenmäherwerkstatt anbietet. Wir haben ja gar keinen Rasen, sondern eine Wiese, und ich mag sogar das Moos darin, weil es selbst im Sommer die Fläche schön weich macht. Andererseits ist es immer gut, wenn man etwas dazulernt. Aber was mag es zu bedeuten haben, dass es ausgerechnet die Rasenmäherwerkstatt ein solches Rasenseminar anbietet? Ich fürchte, so ein Seminar läuft nicht darauf hinaus, den Mäher zu schonen. Und der stöhnt ja jetzt schon über den Einsatz im Januar …

(4.1.2019)

Angst vor der Rußrinde

Es war eine winzig kleine Zeitungsnotiz, die mich schlagartig aufschrecken ließ. Es ging um den „Rußrinden-Baumpilz“, und in irgendeiner Nachbargemeinde war einen Tag lang eine Straße gesperrt, weil die Mitarbeiter des städtischen Bauhofs Baumfällungen vornehmen müssten, wie es im schönsten Amtsdeutsch hieß. Wirklich, der Rußrindenpilz jagte mir einen echten Schrecken in die Glieder, denn seit Jahren beobachte ich an dem einen oder anderen Obstbaum, dass auch er schwarze Flecken bekommen hat, besonders an den Stellen, an denen ich eine Ast absägen musste.

Eigentlich gibt es für offene Schnittwunden an der Baumrinde ja Rindenpflaster aus der Tube. Aber Sie glauben gar nicht, wie schnell diese Paste eingetrocknet ist, sobald man die Tube einmal benutzt hat! Da war es mir wirklich zu blöd, für jeden Astschnitt immer wieder eine neue Tube zu besorgen – zumal ich die Feststellung machen konnte, dass sich die Amputationsstellen an der Baumrinde auch ohne jedes Pflaster wieder schlossen, besonders, wenn man den Schnitt im Winter vorgenommen hat.

Aber jetzt der Rußrindenpilz! Andernorts wurden die befallenen Bäume gefällt, damit sich der Pilz nicht weiter ausbreiten könne – und ich züchtete ihn in meinem Garten mit jedem neuen Obstbaumschnitt immer weiter. Voller Sorge habe ich unsere Obstbaumreihen abgeschritten und mal genauer hingeguckt, welcher Baum schon alles befallen ist. Oje, der tolle Rheinische Winterrambour! Und der Finkenwerder Herbstprinz! Einer von den beiden Berlepsch-Bäumen! Und der Roter Eiserapfel, der Klarapfel – sogar der leckere Delbarestivale. Die würde ich also auch alle fällen müssen, um die Ausbreitung des Rußrindenpilzes zu stoppen. Denn die Sporen dieses kleinen Teufels sind so giftig, dass sie beim Menschen sogar zu einer Art Lungenentzündung führen können.

Zum Glück habe ich dann irgendwann auch Bilder vom Rußrindenpilz in Aktion gesehen, da platzt die Rinde ab – und befallen werden vor allem zunächst einmal Ahornbäume. Nein, da sieht der Ruß auf der Rinde unserer Obstbäume zum Glück doch ganz anders aus, zumal er nicht im geringsten die Ernte geschmälert hat. Ist ja doch ganz schön, wenn man sich schon die schlimmsten Szenarien ausmalt – und dann festgestellt, dass man sich verfürchtet hat und die Katastrophe ausbleibt.

(18.5.2019)

Pflaumenaugust, nett gemeint

Der erste Baum, eine Mirabelle, hatte schon im Mai einen dicken Ast verloren, einfach abgeknickt unter der Last von zu viel Pflaumengrün. Beim zweiten Baum war der Ast dann zu stark um abzubrechen, jetzt biegt er sich bis zum Boden – obwohl die meisten Pflaumen (die dicken gelben, leider etwas wässrig) schon längst nicht mehr am Ast hängen. Wer weiß, in ein paar Monaten würden die Äste vielleicht Wurzeln bekommen und wir hätten einen Kreisbaum, wahlweise auch Baumkreis. Aber ich werden wohl die Säge kreisen lassen, der Baum braucht ohnehin dringend einen Rückschnitt, wie gesagt: Die Früchte verwässern im Laufe der Jahre immer mehr, vielleicht hilft es ja, wenn sich der Baum demnächst auf halb so viele Pflaumen konzentrieren muss, vielleicht verdichtet es ja die Aromen.

Falls das nicht klappen sollte, hätte ich Platz für einen weiteren Reneclauden-Baum. Wir haben bislang einen, aber der trägt ungefähr alle drei Jahre. Denn Königin (französisch: „Reine") Claude, wie ja die Patin des Früchtchens hieß, ist offenbar eine sehr kapriziöse Dame, quasi die Prinzessin auf der Erbse in der Familie Prunus domestica. Da sie, wie alle Pflaumen, zu den Frühblühern gehört, hatten die Blüten in den vergangenen Jahren gelegentlich Pech: zu kühl, zu feucht, zu trocken, wer weiß. Oder die falschen Befruchter drumherum. Jedenfalls würde ich gerne die Wahrscheinlichkeit erhöhen, den Pflaumenaugust mit einem Biss in eine dieser unfassbar köstlichen Früchte einläuten zu können. Ich weiß nicht, wie die Reineclaude das macht, aber sie baut aus demselben Boden, demselben Sonnenschein und derselben Flüssigkeitsmenge ein dreimal so schmackhaftes Obst wie zum Beispiel die erwähnten gelben Wasserpflaumen.

Es gibt auch von dieser Sorte Bäume, die saftige, süßsauer-erfrischende Früchte hervorbringen. Wir hatten sogar mal so einen, der stand jahrelang im Schatten von zwei Kirschbaum-Großvätern, die noch mein Uropa gepflanzt hat. Wir hatten ihn bis vor fünf Wochen. Ich habe noch nie so ein grässliches Geräusch gehört, ich stand gut und gerne 50 Meter weit weg und hörte trotzdem dieses ungefähr eine Minute lange „Knirrrsch-kraaaaak-krach-bumm", als fände es neben mir statt. Mir schwante nichts Gutes – und so war es dann auch: Bei dem Baum war die KOMPLETTE Krone abgebrochen, in der Erde stand nur noch ein Stumpf. Nur mehr ein Mahnmal seiner selbst. Ein Trauerfall.

Der Garten schult eben immer wieder für das Leben.

(9.8.2019)

Vom Kaffeesatz zum Lesegold

Wo ich vergangene Woche schon beim Kompost war, fiel mir natürlich eine Meldung auf, die im breiten Nachrichtenstrom rings um das kleine Virus untergegangen ist: Das Fraunhofer-Institut in Oberhausen mit dem schönen Namen „Umsicht“ (ist eine Abkürzung, fragen Sie mich nicht, wofür…) untersucht, wie man Kaffeesatz verwerten kann. Als alter Zeitungsmacher würde man spontan rufen: „Kann man drin lesen!“ Okay, seriöser Journalismus ist das Gegenteil von Kaffeesatzleserei. Wir hatten da in den vergangenen Wochen aber hin und wieder den Eindruck, dass ja selbst die hochgeschätzten Virologen in dem einen oder anderen Fall offenbar Kaffeesatz zu ihrer Standard-Lektüre zählen. Dabei hat ja noch nicht mal jeder Kaffeesatz Subjekt, Prädikat, Objekt!

Lassen wir die lauen Kalauer, kommen wir zum Entscheidenden: Das Projekt am „Umsicht“-Institut heißt „InKa“ (also ich weiß nichts über die wissenschaftlichen Qualitäten dieses Instituts, aber Namen können die), was auch wieder eine Abkürzung ist. Die Oberhausener Forscher suchen nach Wegen, die Kaffeereste zu „hochwertigen Zwischenprodukten“ zu verarbeiten. Daraus, lesen wir weiter, könnten dann „Biokunststoffe und Zusätze für unterschiedliche Papiersorten entstehen.“

Bei mir landet der Kaffeesatz als Rohstoff auf dem Komposthaufen. Er macht die Komposterde locker, und sie riecht auch besser. Ich habe mal überlegt, wie viele Kilo Südamerika und Afrika so in unserem Garten gelandet sind, über die Jahrzehnte. Das könnte glatt ein kleiner Hügel sein! Umso mehr habe ich ein schlechtes Gewissen bekommen bei dem „Umsicht“-Satz, dass der Kaffeesatz „als alternative Rohstoffquelle bei ernsthaften Rohstoffengpässen fungieren“ könnte. Oje, für so etwas sind wir nach den Engpässen in der Corona-Krise ja jetzt sensibel. Und würden uns einer rohstoffsichernden Sozialisierung von Kaffeesatz nicht entziehen wollen. Wer will schon schuldig sein an Rohstoffengpässen, bloß weil man seinen Kaffeesatz auf den Kompost kippt?

Aber man sollte auch Meldungen bis zum Ende lesen, und da erfahren wir dann, dass es um den Kaffeesatz geht, der bei der Herstellung von Instant-Kaffee entsteht; für ein Kilo davon entstehen zwei Kilo nasser Kaffeesatz. Macht? „Allein in der EU etwa eine Million Tonnen.“ Tja, das dürfte für ein kleines Gebirge reichen. Da kann mein Hügel weiter getrost auf dem Kompost landen …

(10.4.2020)

Kartoffeln! Jetzt schon!

Manchmal bin ich es gar nicht, der für den Eindruck sorgt, der Gärtner in unserem Garten wäre ein etwas verbummelter Typ. Meine Pflanzkartoffeln hatte ich jedenfalls schon Mitte April bestellt (okay, da war's höchste Eisenbahn); aber selbst eine Nachfrage bei dem Biopflanzkartoffelbauern konnte die Sendung nicht beschleunigen, die jetzt gestern auf den Weg gegangen sein soll – habe sich alles verzögert wegen Corona. Ich hielt dagegen, dass sich in der brandenburgischen Steppe doch alles Fremde verläuft, sogar ein Virus. Sollte das den Kartoffelbauern in seinem Versandehrgeiz vielleicht gebremst haben?

Jedenfalls packte mich umso mehr der glatte Neid, als ich dieser Tage unseren Lokalteil aufschlug. Da hatte ein Kollege und doch eine Art Gegenteil des brandenburgischen Kartoffelbauern doch glatt schon mit der Ernte der Frühkartoffeln begonnen – und ich hatte meine noch nicht einmal gesetzt!

Bauer Heinz Hegmans macht das schon seit Jahrzehnten so, dass er seine Frühkartoffeln (Sorte „Annabelle", er schwört drauf) mit einem „stabilen Keim" von ein bis zwei Zentimetern schon Anfang Februar pflanzt. Einmal, bei extrem milder Witterung, hat er es sogar schon Ende Januar gewagt. Und dann, das beantwortet bibbernde Fragen nach dem Frost, legt er ein wasserdurchlässiges Vlies auf die Kartoffelreihen, so wie man das auch vom Spargel kennt, zu dem die „Annabelle"-Frühaufsteherchen natürlich besonders gut passen. Und wenn der Frost extrem knackig wird, kommt noch eine zweite Lage Folien drüber; Bauer Hegmans hat auch schon mal mit Wasser, also Eis als Frostschutzmittel gearbeitet, aber nur zur Not. Selbstverständlich hat das Feld eine sonnige Lage – mit sandhaltigem Boden, der keine Staunässe aufkommen lässt und sich schnell erwärmt. So ist in all der Zeit nur zwei Mal die Ernte dem Frost zum Opfer gefallen.

Wobei ich gestehen muss, dass der Verbummler in mir im letzten Jahr offenbar nicht alle Kartoffeln im Garten ausgemacht hat. Ich wusste das nicht mehr, erkenne es aber jetzt daran, dass an einigen Stellen die unverkennbaren Kartoffelblätter schon ein ganzes Stück aus dem Boden ragen. Allerdings sind das eher späte Kartoffeln, die lilafarbenen Sorten „Blaue Anneliese" und „Vitelotte". Wird also noch ein paar Wochen dauern mit der Ernte. Aber nächstes Jahr, da setze ich meine ersten Frühkartoffeln auch mal im Februar!

(16.5.2020)

Glänzender Mangold-Gast

Was ich am Garten auch liebe: Man begegnet immer mal wieder Unbekannten. Lernt, wie das heute so schön heißt, neue Leute kennen. Dabei sind die neuen Leute, die man so kennen lernt, ja manchmal auch schon etwas älter. Und mit ein bisschen Glück entdeckt man auch bei guten alten Bekannten noch mal ganz neue Seiten. Im Garten geht jedenfalls beides. Und ab und zu lernt man auch jemand anderen kennen, und da rede ich jetzt nicht nur vom Wetter- und Erntediagnosenaustausch übern Gartenzaun oder Heckmeck an der Hecke. Nein, manchmal kommt da sogar jemand im ungeahnten Glitzerlook an, den man noch nie zuvor gesehen hat – und erweist sich dann doch als bescheidenes Kerlchen.

Jedenfalls hatte ich mich schon länger gefragt, weshalb unsere Mangoldblätter eigentlich so aussehen, als hätte jemand den Locher vom Home ins Garden Office verschleppt, um mal auszuprobieren, ob man nicht ein bisschen Chlorophyll in Kreisform ausstanzen kann. Gibt ja auch Kollegen, die Büroklammern zu kilometerlangen Girlanden zusammenfügen. Wie gibt man eigentlich einen Einstand, wenn alle im Home Office sind? Sektkorkenknallen vom Band, Chef-Rede auf Zoom, Küsschen per Emoji?

Zurück zum Garden Office: Die Löcher im Mangold waren echt klein, und als ich ihn geerntet hatte, kroch mir die Lösung des Rätsels entgegen. Ich hatte die Blätter im wassergefüllten Spülbecken versenkt. Da tauchte eine klitzekleine Minizwergschnecke nach der anderen auf, davon passten drei auf den Nagel eines kleinen Fingers. Klar: ausgewachsene Schnecken wären bei unserem Schneckenzaun nicht durchgekommen; aber Löcher und Spalten in Millimetergröße hat der ja überall. Ich stellte mir kurz vor, wie so ein Minizwergschneckenhaus zwischen den Zähnen knirscht, wenn ich aus Versehen einen unserer Futtergäste übersehen würde – so sorgfältig habe ich Mangoldblätter noch nie abgesucht.

Und da fand ich dann auch einen dickeren Brummer, einen Käfer, dessen Panzer glänzte wie ein Goldkettchen am Shisha-Bar-König, im Schatten des Mangolds grünlich, in der prallen Sonne eher gülden. Ein Goldglänzender Rosenkäfer, den man auch „Fliegender Garten-Edelstein“ nennt. Hatte ich noch nie gesehen. Dolles Tier. Und so harmlos, krabbelte ganz drömelig übers Blatt. Also mit solchen Zeitgenossen teile ich gern. Jedenfalls den Mangold. Bleibt ja immer noch was für uns übrig …

(4.9.2020)

Apfel- und Feigenpicknick

Dass wir jetzt Ende Oktober tatsächlich schon Oktoberwetter haben, hat auch seine Vorteile. Es sind allerdings nicht viele, und ich hätte gegen ein paar Klimawandel-Tage mit 25 Grad überhaupt nichts einzuwenden. Aber die kommen dann ja wahrscheinlich im November... Zu den Vorteilen der Kühle gehört, dass die Wespen, so sie noch leben, in einen saft- und kraftlosen Sink- und Torkelflug mit anschließendem Taumelgang übergegangen sind. Ein paar sehe ich immer mal wieder auf unserem Komposthaufen, wenn eine der gehorteten Birnen unserer Überwinterungshoffnung die braune Schulter zeigt und ich sie umgehend dem natürlichen Wiederverwertungskreislauf zuführe. Aber: Wenigstens lassen die Wespen unsere Feigen in Ruhe, die wegen der Wetterkapriolen (und bestimmt auch, weil ich sie ein bisschen zu kräftig zurückgeschnitten habe) erst jetzt bei uns reif geworden sind. Vielleicht können Wespen ja auch Corona kriegen (das wäre was!). Jedenfalls wären sie, wenn sie jetzt noch in Massen kreuchen und fleuchen könnten, garantiert in unserem Feigenbaum, weil leider auch die Vögel, insbesondere Amseln und Meisen entdeckt haben, wie lecker reife Feigen sind. „Sollen sie sich doch einen ordentlichen Winterspeck anfuttern," sagt meine großzügige Frau. Aber bis man von Feigen wirklich Speck ansetzt… – muss man schon von meiner Feigenmarmelade naschen. Auch wenn ich da nur 1:2-Gelierzucker hineingekippt habe, ist sie doch etwas süß geraten. Ich habe die Feigen übrigens zu gleichen Teilen mit dem vermischt, was unser Entsafter aus den Äpfeln gemacht hat. Die werden auch jedes Jahr immer öfter von den blöden Vögeln angepickt; ich spreche deshalb von blöden Vögeln, weil sie, wenn sie so einen Apfel einmal angepickt haben, dann nicht etwa ordentlich aufessen, wie wir das als Kinder noch gelernt haben, sondern weiterhüpfen zum nächsten Apfel-Picknick. Aber da passen sich die Vögel vielleicht nur dem allgemeinen Zeitgeist an, der ja auch immer flatterhafter wird. Jedenfalls ist mir bei der Feigenmarmelade ein kleiner Fehler passiert: Ich habe etwas zu viel frisch geriebenen, also sehr intensiven Ingwer dazugetan, so dass die Konfitüre jetzt schmeckt wie Ingwermarmelade mit einem Hauch von Feige. Ich hab dann doch die Beschriftung noch korrigiert …

(24.10.2020)

Olivenernte in Velbert

Meine etwas elegisch geratene Hymne auf die letzten blauen Weintrauben vor einer Woche an dieser Stelle hat Herrn Weyrich aus Velbert an seine Oliven erinnert. Überlegen Sie mal – hätten wir vor 100 oder auch nur 50 Jahren uns über Weinanbau und Olivenernten unterhalten?

Das mit den Oliven hat selbstverständlich mit der sportlichen Seite des Gärtnerns zu tun. Damit meine ich nicht, dass man sich im Garten so viel, lange und heftig bewegen kann, dass ein Fitnessstudio überflüssig wird – zumal Gärten auch bei schlimmsten Epi- und Pandemien kaum geschlossen werden. Aber sportlich ist man im Garten manchmal auch deshalb, weil man eine Wette auf das Wetter abschließt, weil man die Herausforderungen unseres gemäßigten Klimas mit Frösten und lichtarmen Wintern annimmt und ihnen zum Trotz Pflanzen pflegt, die eigentlich was Besseres gewöhnt sind, rein von der Wärme her und auch der Helligkeit.

Sehen Sie, ich zittere jetzt schon um meinen Zitronenbusch, den ich im vergangenen Jahr, nachdem er einen schweren Frostschaden und kein einziges Blatt mehr hatte, wieder aufpäppeln konnte, mit viel Geduld und Spucke (genau genommen Regenwasser). Diesen Winter soll er keinen Frost abbekommen, da habe ich ihn vor drei Wochen, als es kälter wurde, in die Garage geholt. Da ist aber nur ein kleiner Fensterschlitz, und ich weiß, dass Zitronen auch alle Blätter abwerfen, wenn sie kein Licht bekommen. Täglich habe ich in letzter Zeit gedacht: Ob ich die Zitrone nicht wieder rausstelle? Diese Woche waren es ja sogar über 20 Grad. Am Tag danach, als ich endlich den Entschluss fasste, kam abends die Kälte...

Herr Weyrich jedenfalls hat sein Olivenbäumchen seit 15 Jahren, vor zwei Jahren gab es eine „tolle" Olivenernte, letztes Jahr dann so gut wie nichts. In diesem Jahr aber hingen die Äste wieder voll – doch die Früchte blieben grasgrün. Herr Weyrich wartete und wartete, beobachtete dann einige Tage lang in Stielnähe das Auftreten kleiner rotbrauner Punkte. Und: „Heute morgen nun die absolute Begeisterung. Die ersten Früchte nähern sich der erhofften Farbe an!" Tja, die Olivenernte in Velbert scheint gesichert zu sein.

(6.11.2020)

Rosinen unterm Sockenhaufen

Sie dürfen sich nicht wundern, wenn ich Ihnen gleich etwas vom Trocken- und Bügelraum für die Wäsche erzählte, der bei uns unter der Dachschräge untergebracht ist – ich komm schon noch auf den Garten, warten Sie's ab. Den Trockenraum benutzen wir jedenfalls nur an kühlen Tagen, den ganzen Sommer durch trocknet unsere Wäsche auf der Leine an der frischen Luft, schon weil das einen Duft ergibt, mit dem kein Weichspüler dieser Welt mithalten kann. Am besten duftet es eigentlich sogar, wenn kurz ein paar Regentropfen drauf gesprenkelt und wieder weggetrocknet sind. Ein ähnlicher Effekt ergibt sich, wenn man sie über Nacht draußen hängen lässt, dann ist am nächsten Morgen einmal der Tau drin und trocknet wieder weg – herrlich!

Aber gut, das geht wirklich nur in der warmen Jahreszeit. Allerdings konnten wir im März schon ein paar Maschinenfüllungen nach draußen hängen, da war's ja zwischendurch mal schön warm – und ständiger Wind ist fast genauso wichtig wie Wärme, der erledigt schon mal ein bisschen Bügelei, manchmal auch komplett. Und bevor ich die „Draußen-Saison" eröffne, mache ich im Trockenraum einmal klar Schiff, diesmal bin ich aber erst nach Ostern dazu gekommen. Jedenfalls fand ich unter einem Haufen einzelner Socken (eines der letzten großen Rätsel der Haushaltsführung im 21. Jahrhundert; wenn ein „Smart Home" tragisch getrennte Sockenpaare wieder zusammenführen kann, dann will ich es auch) drei sehr dunkle, fast schwarze und sehr schrumpelige Klümpchen.

Grübeln? I wo, ich schlug mir vor die Stirn und wusste sofort: Erster kühler Herbsttag, ich war mit dem Wäschekorb zur Leine nach draußen gegangen. Hatte noch ein paar letzte blaue „Phönix"-Trauben an der Wand erspäht. Hatte die letzten drei auf die Wäsche im Korb gelegt, bevor ich beschloss, dass die Wäsche besser drinnen trocknen würde. Oben angekommen, muss ich die drei Träubchen aufs Regal für die einzelnen Socken gelegt haben, irgendwo mussten sie ja hin, bevor ich die Wäsche aufhängen konnte. Und weil Wäscheaufhängen zu den meditativen Tätigkeiten mit regen Gedankenspaziergängen gehört, muss ich die Träubchen wohl vergessen haben. Ich glaube inzwischen, auch bei den Griechen muss es ein Schussel gewesen sein, der Rosinen erfunden hat.

Zwei habe ich schon probiert. Hm, an den Kernen müssen wir noch arbeiten.

(17.4.2021)

Impressum

Jens Dirksen
Kraut und Rüben

NRZ – Mitten im Leben
Kolumnen und Karikaturen
Band 3

1. Auflage Juli 2021

Illustration Titelseite: Thomas Plaßmann
Gestaltung: Volker Pecher
Druck: Multiprint

ISBN 978-3-948365-24-0